文春文庫

石北本線　殺人の記憶

十津川警部シリーズ

西村京太郎

文藝春秋

目次

初出誌　「オール讀物」
（令和2年5月～8月号、9・10月合併号、11月～12月号）
単行本　令和3年4月　文藝春秋刊
DTP制作　エヴリ・シンク

石北本線　殺人の記憶

十津川警部シリーズ

第一章 二〇二〇年

1

正確でなければならない。

計算が間違っていれば、松崎《まつざき》公平《こうへい》は、目覚めることなく、眠ったまま、死ぬだろう。

札幌に「二十一世紀研究所《21stセンチュリー・リサーチCO.》」という会社があった。

人間の生命を何処《どこ》まで延ばせるかという、二十一世紀を先取りした会社だった。

現在の人間は、百歳が到達できる平均寿命だといわれているが、二十一世紀研究所は、それを百五十歳まで延ばそうと考えていた。

しかし、なかなか、到達できない。

そこへ、アメリカの若い生命学者、Ａ・ヘンリーを、研究所長として迎え入れることになった。

ハーバード出身のエリートである。彼は、NASAで働いていた。当時、NASAの主な研究課題は、宇宙船に乗る乗組員の寿命だった。

宇宙船自体は、イオンロケットなども完成していて、太陽系宇宙の外に航行することが可能になっていたが、問題は、その宇宙船に乗る人間の方だった。

人間の寿命が百歳では、宇宙船は、太陽系の外まで行けても、死体を運ぶことになってしまう。そこで、NASAが、ヘンリーに期待したのは、人間の寿命を、まず、二百年に延ばすことだった。

ヘンリーが、目をつけたのは、ガラパゴス諸島に住む、ガラパゴスゾウガメだった。ガラパゴスゾウガメの平均寿命は、百八十年から二百年といわれていた。

人間の倍である。

何故、ガラパゴスゾウガメは、長命なのか。

ガラパゴスゾウガメの主食はサボテンの茎である。他の樹木の葉や果実なども食べるが、特に栄養価の高いものではない。

生息環境も、高温で、乾燥していて、過酷である。

ヘンリーが注目したのは、ガラパゴスゾウガメの脈搏《みゃくはく》だった。人間の心臓が、一分間に六十から七十の脈を打つのに比べて、ガラパゴスゾウガメは、一分間に数回だった。

　他に、ガラパゴスゾウガメの長命の理由は見つからなかった。

　それなら、人間も一分間の脈搏を数回と少くすれば、二百年生きられるのか。しかし、人間はその脈搏では、活動できず、眠ってしまう。その上、脈搏がゼロになれば、死亡する危険がある。

　それでも、NASAは、その研究を続行した。

　宇宙船の乗組員を、睡眠状態にしておけば、計算上は、何光年の彼方にでも、送り込めるからである。

　しかし、実験中に脈搏がゼロになって死亡する危険もあったし、睡眠中といえど、人間の肉体が衰える、つまり年齢《とし》を取ることも考えられる。そうした研究で、ヘンリーは、NASAのスタッフとケンカをして退職。同じ研究をしていた札幌の「二十一世紀研究所」に移ってきたのだった。

　その後、ヘンリーも加わった研究所は、二十年間の睡眠は可能と発表し、その間の肉体の衰えは、通常の三分の一以下と付け加えた。

　一九八八年の発表だった。

しかしそれを信じたものは、少かった。人間を使った実験はされていなかったし、人体実験そのものが危険だと見られていたからである。

そんな中で、松崎公平は、彼の考えに賛同した。

三十五歳の松崎は、ハーバードに留学した時、A・ヘンリーと同窓で、親友だった。この時松崎は、北海道を地盤とする、都市銀行の頭取だった父が急死して、三十五歳で、頭取に迎え入れられていた。バブル景気の頃である。

銀行界の若きエースと呼ばれて、期待された。松崎は、二十一世紀研究所に期待してこの研究所に重役の反対を押し切り百億円を超す融資をしたのである。自信があった。

ところが、バブルがはじけて、デフレの波が日本全体に押し寄せた。

北海道の銀行は、過剰融資で、次々に破綻していった。松崎の銀行も、破綻した。それだけでなく、頭取だった松崎は、特別背任罪で、地検に逮捕されてしまった。

二十一世紀研究所は、ハーバードでの同窓、友人のA・ヘンリーがいたため、重役たちが反対するのを押し切って、過剰融資をし、回収不能になり、銀行破綻の理由を作ったというのだった。

逮捕された松崎は、もちろん、無罪を主張した。二十一世紀研究所に、特別に融資したのは、その業績を正当に評価したからで、大学時代の友人がいたからではない。正当な融資だと。

しかし、松崎の主張は、全く聞き入れられず、結局、最高裁でも有罪が決り、一年六ヶ月間刑務所生活を送ることになった。

この時、彼が頭取だった銀行だけでなく、北海道で多くの銀行が破綻したのだが、頭取が特別背任罪で刑務所に送られたのは、松崎一人だった。

銀行破綻の数の多さについて、融資を積極的にすすめた大蔵省の責任もあるのではないかといわれたが、無視された。全て銀行の頭取の責任とされ、その代表として松崎が逮捕された。

そのため、松崎は、自分がいけにえになったのではないか、国策裁判ではないのかと考えることもあった。

松崎は、何もかも失って、出所した。そのため、二十年間、眠るのも悪くないと思い、二十一世紀研究所の人体実験に参加することを希望した。

最初の人体実験だった。

正確に二十年後に目覚めることになっていた。もし、一秒でも間違えば、彼の心臓は停止するか、破裂する。

そして、松崎は死亡する。

2

「20200220222222」

二〇二〇年二月二十二日二時二十二分二十二秒。コンピューターに打ち込まれた「2」の数字は、機械が覚えやすく、間違えることが少ないと思われたからだった。

だから、この数字は、松崎が希望したものではなく、ただ、死なないための数字だった。

五分前。

間違いなく、コンピューターが、始動した。

あとは、二十年前に記憶させた十個の二と、四つのゼロを記憶しているかだった。

五分後。

コンピューターに刺戟《しげき》を与えられ、二十年間閉じていた松崎の眼が、ゆっくり開いていく。

だが、まだ、彼の頭脳は、眠っている。

このあと松崎の生命は、通常とは反対の流れになる。脳が、眼を動かすのではなく、光を受けた眼の方が、眠っている脳に信号を送るのだ。上手くいけば彼の脳は動き出すが、上手くいかなければ、脳は停止したままだ。すなわち死である。

やっと、脳が動き出し、眼が、モニター画面を捕える。

「おめでとう。現在、予定通り2020年2月22日2時22分22秒」

だが、まだ松崎の脳は正常に戻っていない。画面の「2」は、ただの数字の羅列でしかない。記憶の部分《パーツ》が戻るにつれて、数字が、意味を持ち始める。それに装置が反応する。

二十年間、彼の肉体に栄養を送り続けた点滴装置が停止したと伝えてくる。

排泄装置も停まる。

また、二十年間、機械が、常時、彼の身体に運動を与えていたのだが、それでも、身体の硬直は、起きている。それを治すためのマッサージが始まった。

上からリモート装置が下りてくる。

「ヘンリー」

と、呼んだ。

「ヘンリーは、何処だ？」

と、いったつもりなのだが、口が上手く動かないのだ。言語障害はすぐ治るだろうか。

画面に、ヘンリーの顔が映る。

「私は、君の傍にいるつもりだったが、急に、アメリカに帰ることになってしまった。しかし、その部屋に全て整っているから大丈夫だ。それに君の秘書だった、坂元由美《さかもとゆみ》君も元気だから、右のボタンを押せば、すぐ来る筈だ。彼女も、君の知らない内に五十三歳になっている。まだ独身だ」

と、いう。

松崎は、ボタンを押した。

どのボタンを押しても「了解」になる。

由美の顔を思い出し、少し、ほっとした。

時間の観念も、まだ、戻って来ない。

ずいぶん、長いこと待たされてから、ドアが開き、五十三歳になった坂元由美が入ってきたのだが、実際には、十五、六分しかたっていなかったのかも知れない。

由美は、背が高い。

ベッドに、寝たままの松崎を見下して、

「良かった。生きてましたね」

と、笑った。

「ああ、生きてたよ。君も元気そうだ」

少しずつ、言葉が戻ってくる。

「でも、年齢《とし》とりました」

「私はどうなのかな？　年齢《とし》相応な顔をしているかね」

「ボタンを押せば、画面にご自分の顔が出ますよ」

「わかってるが、ちょっと怖くてね。それより、ここは、確か、二十一世紀研究所の地下実験室だと思うんだが」

「そうです。二十年間、誰も許可なく近づけなかったんですよ」

「じゃあ、あの会社は、潰れなかったのか？」

「潰れませんでしたが、アメリカの企業に買収されて、今は、その日本支社になっています」

「それで、ヘンリーは、一時帰国したのか」

「彼は、その企業の支社長になっているので、戻ってくると思います」

「どんな会社なんだ？」

松崎は、身体を起こしながらきいた。

少しずつ、自分の身体に戻ってくる感覚だった。何歳の身体になるのか。

「半官半民というより、半軍半民の会社です。アメリカは、中国に対抗して、宇宙軍を創っていますから、そこに、知識や、装備を提供する会社です」

「それで、宇宙船の運航に役立つ二十一世紀研究所の研究やその結果が、必要ということか」

「多分、頭取の――いえ、先生の今回の二十年間の睡眠実験の結果も、欲しがると思いますよ」

由美は、「頭取」と呼びかけようとして、ずっと前に松崎が、その地位を失ったことに気付いた。一瞬、迷ったあげく無難な「先生」にした。

「すでに、アメリカ人の社員も、何人か来ているんだろう？」

「五人のアメリカ人が、サンフランシスコの本社から派遣されてきています」

「じゃあ、私は、彼等に監視されていたんだろうね」

「企業にとっても、アメリカの軍部にも参考になる実験ですから、二十四時間、五台のカメラで、監視されていた筈です。ミスター・ヘンリーが、いってました」

「実験台か」

「でも、会社にとって必要な実験でもあるから費用は、先生には、請求しないようにと、ミスター・ヘンリーが、本社に要請したそうです」

「嬉しいのか、悲しいのか――」

と、松崎は、呟《つぶや》いた。

彼が、北大の学生だった頃、親友が、骨のガンにかかった。北大病院に入院したのだが、入院費がかかる。家の助けを得られないその友人は、死後の献体を申し出た。

そのあと、松崎が見舞いに行くと、友人は、

「治療費もタダになったし、なぜか、今日は、食事に豪華なお寿司が出たんだ。その代り、手術の時に、インターンを集めて、医者が、いろいろ説明するんだよ。あの時には、自分が、人間ではなく、実験材料になった気がしてね」

友人は、照れたような、悲しいような、何ともいえない顔をしたのだ。

今、自分も彼と同じような顔をしているのではないかと、ふと思った。

親友は、二ヶ月後に、死亡した。

「今、何時頃だ？」

と、松崎が、きいた。

「午前八時二十分です。時刻も、画面に出てますよ」

「人間の声で、知りたいんだ。町へ出てみたいな。多分、歩けると思う」

「ミスター・ヘンリーは、まず、歩行訓練が、必要だといっていましたよ。二十年間、歩いていないんですから」

「じゃあ、君に助けて貰う。とにかく、町を見たいんだ」

「それなら、私が午後に、車でご案内しますよ。ただその時には、これを必ずつけて下さい」

由美は、マスクを差し出した。

「何だい？　これは」

と、松崎が戸惑ってきいた。

「先生が、眠っている間に、地球全体が、新型コロナウイルスという感染症に襲われたんです。去年中国で発生して、すでに七万五千人以上が、感染し、二千人以上も死んでいます」

「嘘だろう」

それが、松崎の反応だった。

「今日の新聞です」

由美は、持ってきた新聞を、松崎の眼の前で、いきなり、広げて見せた。

そこには、大きな見出しが、躍っていた。

新型肺炎　中国は七万五四六五人
中国、四刑務所で集団感染　計五百五人
児童感染　学校に波紋　休校や卒業式縮小
「厚労相も検査を」　職員感染受け野党
医療現場　絶えぬ緊張　専用室で診察

「うーん」

と、松崎は、唸《うな》り声をあげた。

活字は、信じざるを得ないが、現実感が無いので、唸るより仕方がないのだ。

「とにかく、町を見たい」

と、松崎は、いった。

杖を突いて、ベッドから立ち上ろうとして松崎はよろけた。

まだ、歩く身体になっていないのだ。

由美に支えられて、地下実験室を出て、上にあがる。

途中ですれ違ったアメリカ人社員が、声をあげて、他の社員を呼び、松崎は、たちまち、カメラの被写体にされた。

撮りながら、質問を浴びせかけてくる。

実験材料が動き出したので、どんな状態なのか知りたいのだ。

松崎は、面倒くさいので、

「ウォーク、ウォーク！」

とか、

「ドント・ウォーリィ！」

と、英語をわめき散らし杖を鳴らして、出口に向った。

そこには、由美の車が、とまっていた。

3

身体ごと、助手席に転がり込み、由美の運転で、走り出した。脱出した。

札幌市の中心部に向う。

「今日は、何曜日だ？」

まわりを見廻しながら、松崎がきく。

「土曜日です」

「それにしては、人が出てないな」

「コロナの感染が怖くて、家から出ないんですよ」

と、由美がいう。が、松崎には、いぜんとしてコロナの実感がわいてこない。

由美が、車をとめた。

眼の前に、見覚えのあるビルがあった。

松崎が、頭取をしていた都市銀行の入っていたビルである。

「今は、北東銀行です」

と、由美がいう。

「銀行になってるのか？」

「うちの銀行の預金者を引き取り、政府が緊急融資をして、立ち直って、今は北東銀行です。かつて浅野《あさの》さんが頭取をしていました」

「アサノ？」

「元通産省の若手敏腕官僚で、典型的な天下りです」

「畜生！」

と、思わず、松崎は叫んでいた。

最初に会った時、さわやかな敏腕エリート官僚だった。

バブルの頃、松崎が、融資をためらうと、

「これからの十年、日本の経済は、右肩あがりですよ。ジャパン・アズ・ナンバー・ワンが続くんです。何をためらってるんです。どんどん融資しなさい」

と、彼の尻を叩いていたのである。

それが、バブルがはじけて、破綻が広がり、松崎が、特別背任容疑で逮捕され、裁判にかけられると、検察側の証人として出廷した。

「被告は、自己保身のために、不必要な融資を続け、私の忠告を聞かなかった。そのため、自分が頭取をしている銀行に多大な損害を与え、破綻に至らしめたのです。全く同情の余地はありません」

と、証言したのである。

その男が、銀行の頭取になるとは。

「移動します？」

と、由美が、きく。

「いや、もう少し、見ていたい」

「いいけど、いくら睨《にら》んでも、先生の銀行は、戻ってきませんよ。ちょっと温かい飲み物を買って来ます」

と、由美は、車から降りて行った。

松崎は、じっと、眼の前のビルを見つめていた。

突然死んだ父に代って、頭取室に入った時の緊張と、高揚感が思い出された。

若いエリート頭取に対する重役たちの期待の眼。

あの時、松崎は、ひとり自分に誓ったのだ。

「預金者第一に考えろ。

貸付は、情実にとらわれず、自分の頭で考え、将来性のある事業に貸す。

将来、日本一の銀行にする」

そのため、松崎は、父の秘書二人を馘首《かくしゅ》して若い秘書を傭《やと》った。

自分と同じ北大を卒業した「平川修《ひらかわおさむ》」と、女性では、明るい性格で、遠慮なく批判を口にする「坂元由美」。この二人である。

この時平川修は、二十七歳。坂元由美は、二十一歳。二人とも、若かった。その若さを危ぶむ声もあったが、松崎は、二人の若さに期待したのだ。

バブルの時だったから、積極的に、貸出しを実行した。保守的で、守りに入った企業ではなく、積極的な将来性のある企業に対して融資を行ったのだ。

今も、そのことに、後悔はしていない。

由美が、温かい甘酒を買って、戻ってきた。

それを飲みながら、松崎がきいた。

「平川は、元気か？」

「それが、行方不明なんです。二年ほど前から」

と、由美がいう。

「行方不明とはどういうことだ？」

驚いて、松崎が、きいた。

「時々、会って、先生の話なんかしてたんですけど、急に連絡が取れなくなってしまって。彼のマンションにも行ってみたんですが留守で、管理人さんは、一週間ほど前から、姿が見えないといってました。それから二年です」

「どうしたのかな。彼には、ぜひ、会いたいんだ」

松崎がいうと、由美は、

「平川さんに、何か頼んでいらっしゃったんじゃないんですか？」

「彼が、そんなことといってたのか？」

「先生に、宿題を与えられたみたいなことを、いってましたよ。先生に間もなく会えるんだがそれまでに、宿題をやっておかないと、といってましたから」

「彼に、そんな重荷を背負わせてしまったのなら申しわけなかった」

と、松崎は、いった。

彼の積りでは、宿題というわけではなかった。

二十数年前、頭取の地位を失ったばかりではなく、特別背任罪で、一年六ヶ月も、刑務所に放り込まれてしまった。

あまりにも口惜しかったので、秘書の平川に、

「おれをこんな目にあわせた真犯人を知りたい」

と、いったことが、何回かある。

それを平川は、宿題と受け取っていたのか。

「平川のマンションは、まだ、そのままなのかね？」

「だと思います。札幌市東区の区役所近くのマンションです。でも、二年も住んでいないと、他の人が、借りてしまっているかも知れません」

と、由美はいったが、ともかく、そのマンションを訪ねてみることにした。

ありがたいことに、雪が少くて、彼女の軽自動車でも、途中困ることもなく、札幌市東区に行くことが出来た。

区役所の前に古い「コンソール東マンション」があった。

まず、管理人に話を聞いた。

「この五階に、平川修さんがまだ住んでますか？　五〇三号室ですが」

と、由美がきいた。

七十歳ぐらいの女性の管理人は、

「はい、まだ住んでいらっしゃいますよ。ただ、お留守だと思いますけど」

と、いう。

「ずっと、留守なんですか？」

と、松崎が、きいた。

「はい。二年ほど前から」

「それなのに、ずっと彼に貸してるわけですか？」

「大家さんは、他の人に貸したいらしいんですけどね。毎月二十五、六日になると、部屋代、管理費などが、きちんと振り込まれてくるんですよ。それで、大家さんも、他の人に貸すことが出来ないみたいで」

「振り込んでくるのは、平川さん本人ですか？」

「だと思いますけど」

と、管理人は、いったが、自信はないらしい。

「私たちに、部屋を見せてくれませんかね。平川さんのことが心配なので、何とか、探したいのですよ」

と、松崎が、いった。

だが、管理人は、なかなか、うんといわない。

「ご本人じゃないと」

と、いう。

そこで由美が、平川と一緒に写っている写真を見せて、

「私ね、彼と結婚の約束をしているので、何とか彼を探したいんです」

と、いって、やっと、管理人が、五〇三号室を開けてくれた。

2DKの典型的な、マンションである。

あまり、カビの臭いはしなかった。埃《ほこり》もたまっていない。

まず、机を調べてみる。

「パソコンがないな」

と、松崎が、いった。

「そうですね。報告書なんか、ノートパソコンで作っていたのに、ありませんね」

「ノートパソコンを持って、出かけたのかね」

「平川さん、旅行が好きでしたから」

「さっき管理人に、平川と結婚するみたいなことをいっていたが、あれは、本当なのか」

「嘘ですよ。平川さんには、彼女がいると思います」

「じゃ、彼女の手紙とか写真を探してみよう」

と、松崎が、いった。

しかし、机の引出しなどを、探してみたが、それらしいものは、見つからなかった。

写真好き旅行好きなので、それらしい風景写真が壁に何枚も貼ってあった。

北海道の風景が多い。その風景の中を走る列車の写真もあった。多分、その列車には、乗っているのだ。

由美も、旅行好きだから、熱心に壁の写真を見ている。

「これ、石北本線《せきほく》と、特急オホーツクですよ」

と、由美が、指さしていった。

「知ってるよ。網走《あばしり》には、うちの支店があったから」

と、松崎が、いった。

「そうでしたね」

由美は、少し離れて、壁の写真を見ていたが、

「この石北本線だけですね。他の写真は風景だけで、そこを走る列車は、写っていません」

と、由美がいった。

「だから、どうってことはないんですけど」

「明日、石北本線の特急オホーツクに乗ってみよう」

突然、松崎が、いった。

「どうしてです？」

「何となく、網走の支店を見たくなったんだ」

「でも、もううちの銀行じゃありませんよ」

「そんなことは、わかってる。網走の砕氷船《さいひょうせん》にも乗ってみたいんだ。時期だから、観光客で、満員かな」

「いえ、コロナさわぎで、すいていると思います」

「コロナが怖ければ、私一人で行ってこようと思うが」

「大丈夫です。ひとりで、いらっしゃって、船から落ちたら困りますから」

「ありがとう。今日は、札幌市内のホテルに泊るよ」

「お金はありますか？」

「あるよ。何しろ、二十年間、一円も使わなかったんだから」

4

その日、松崎は、札幌市内のグランドホテルにチェックインした。

ここにも、コロナさわぎは、入り込んでいて、泊り客の姿が少かったり、ロビーにも、消毒液が、置かれていた。

由美は、ホテルでの夕食にも、つき合ってくれた。

今、松崎が知りたいのは、二十年間、眠っていた間の銀行業界や、監督省庁の動きと、それに、彼を特別背任罪で一年六ヶ月、刑務所に送り込んだ裁判官のことだった。

由美の方の興味は、どうしてか、コロナのことになってしまう。

「何しろ、コロナのおかげで、外国人観光客が減って東京オリンピックも組織委員会は開催すると言っていますが、どうなるかわかりません。それ以前にコロナで死んでしまったら、札幌で開催するマラソンも見られません」

「入場券でも、買ってあるの？」

「沿道でも応援できます。札幌のマラソンコースは、うちの銀行のあった傍を通っているんです」

「それなら、頭取室から見えるかも知れない」

と、松崎は、いった。

これも、今は消えた夢である。ただ、松崎としては、誰が、何故、自分を追い込んだのか知りたいのだ。

「私、時々、クラブSで、アルバイトをしているんです。ママのノリコさんに誘われて」

と、由美が、いった。

そのクラブSは、松崎が頭取だった頃、接待に時々、使っていた店だった。

従って、ママのノリコとも親しかった。

若い、きれいなママだが、もう還暦にはなっている筈だった。

「今でも、銀行のお偉方たちも、見えますよ」

と、由美が続けた。

「あの連中も来るのか？」

松崎が、きいた。

あの連中というのは、松崎が頭取だった頃、つきあいで、よくクラブSで飲んだ相手である。

「皆さんで、一九九八年会というのを作って、時々クラブSに集って、飲んでいらっしゃいます」

と、由美が、いった。

「一九九八年の何を記念して飲むんだ？」

松崎が、きいた。つい、声が、尖《とが》ってしまう。

「バブルがはじけて、銀行が次々に潰れていったあの頃を反省して飲むんだそうで」

「私は、そんな妙な会に出た記憶はない」

「だから、先生を外した人たちが、集って会を作っていたんだと思います。言い代えると、先生を外すための集り」

と、由美は、いう。

彼女が、そのグループ参加者の名前を、教えてくれた。どの名前も松崎は、知っていた。というよりもバブルの頃、彼も、そのグループの一員として、北海道の経済界の未来について、議論を戦わせていたのである。

井上《いのうえ》潔《きよし》　北海道銀行協会理事
入江《いりえ》香一郎《こういちろう》　〃
西尾《にしお》正明《まさあき》　元大蔵省、北海道大学助教授、政府委員
立木《たちき》敏《さとし》　大蔵省
浅野昌夫《まさお》　通産省

これに、松崎を加えて、北海道の経済界を引っ張る若手六人衆と呼ばれていたのである。

それがバブルがはじけて、一挙に不況に襲われた。

日本の経済の右肩あがりを信じて、過剰融資を続けてきた道内の銀行は、いわゆる大きな「こげつき」を抱えてしまった。

銀行のいくつかは、潰れるだろう。

唯一の救済策は政府から、緊急融資を受けることだった。

その金額は、「二兆円」と計算された。

その金額を計算する六人衆の会合「六人会議」に、松崎も参加していた。

問題は、世論だった。

バブルの崩壊で、道内の多くの企業、特に中小企業の破産が相次いだ。自殺者も出た。それを受けた世論である。

なぜ、銀行だけを、政府が助けるのかという反撥《はんぱつ》も、当然生れてくる。緊急融資といっても、元は、国民の税金だからである。

その議論も、当然、六人会議ですべきものだった。

必要融資を二兆円と計算したのが、六人衆の六人会議だったからである。その会議には、大蔵省と、通産省も、参加しているのだ。

ところが、その頃から、松崎は、六人会議に呼ばれなくなったのである。

「混乱中なので、六人会議は開けない」ということだったのだが、松崎を除いた五人の会議はひんぱんに開かれていたのである。

今になれば、全てが、わかってくるのだが、その時は、気がつかなかった。完全な蚊帳《かや》の外に置かれていたのである。

二兆円の政府援助を受けるためには、世論を、おさえる必要がある。

そのためには、どうしたらいいか。

一番簡単なのは、「ヒーロー」と、「悪人」を作ることである。

その「悪人」に選ばれたのが、松崎だったのである。なぜ、自分が選ばれたのか、わからないこともなかった。

バブルの時、やりすぎたのだ。目立ちすぎたのだ。

その時、松崎が、ヒーローだった。明日の北海道経済を背負うヒーローだった。実績もあった。彼の銀行が融資した企業は、揃って成果をあげた。

マスコミも、松崎をヒーロー扱いした。中には、融資する企業が成功するかどうか予見することの出来る「融資の神サマ」と書く週刊誌もあった。

それが、銀行協会の理事たちの嫉妬を生んでいたのである。

だから、松崎を「悪人」にすることは、簡単に決ってしまったらしい。

救国のヒーローも決った。

弁護士のNである。松崎も、何回か会ったことがある。しかし、彼の話は、ほとんど聞いて貰えなかった。

今から考えると、Nの頭の中には、最初から、再建案が出来ていたに違いないし、その基になったのは、五人が提出した資料だったに違いないと思う。

Nは、「住宅金融債権管理機構」とその後の「整理回収機構」のトップに就き、容赦なく、いくつもの銀行を潰していった。

しかし、彼が、合併で助けた銀行と、切り捨てた銀行には、よく見れば、傾向があると、松崎は思う。

六人衆の中で、政府の方針に逆《さか》らわなかった井上潔と入江香一郎の銀行は、救済され、政府の方針に逆っても、夢のある企業に融資していた松崎の銀行などは、容赦なく、潰された。そんな中でも、松崎は、大手銀行との合併で生き残り、行員たちを救おうと工作したのだが、何故か、横やりが入って、成功しなかった。

Nは、「銀行は悪」と決めつけ、中でも、「若手頭取のエース」と持てはやされた松崎頭取は独断で融資を行い、自行を破滅させただけでなく、北海道の経済を破滅させた張本人」と、決めつけたのである。

その強硬姿勢は、「正義の味方」として、拍手喝采を浴びた。

かくして、「正義の味方」と「いけにえ」が出来あがったのだが、松崎は、それでも、自分が、いけにえになっていることにしばらくは、気がつかなかった。

検察も、北海道経済の破滅からの再生のために、いけにえを欲しがっていたのである。検察が全く動かないのは沽券《こけん》にかかわると思ったのか、Nが、正義の味方ともてはやされたことに刺戟を受けたのかは、わからないが、銀行問題に、乗り出してきたのである。

銀行に損害を与えた責任者（頭取）の背任容疑である。

松崎は、この件について、全く心配していなかった。確かに、過剰融資で、損害を与えたとしても、最初からその積りで、融資したわけではない。専門的な立場から、融資したわけで、それが損失を与えたとしても、法律的に刑事責任を負うことはない、と、考えていたのだ。

しかし、検察の考えは、法律的な判断ではなかったのだ。政治的な判断だったのである。松崎は、それに気付かなかった。

銀行の歴史を調べれば、わかることだったと、今になって、松崎は思う。

戦後、政府（大蔵省）は、銀行が問題を起こさないように、監督を厳しくした。そのため、「箸のあげ下しにまで口を出す」といわれたが、そうした規制のおかげで、銀行が問題を起こすことはなくなった。だが、そのため相互の馴《な》れ合い体質が生じてしまった。その後、アメリカから、「金融の自由化」を迫られ、日本政府も、グローバル時代を迎えて、規制緩和に踏み切った。利息の自由化、銀行と信託の相互参入などである。

折から住宅建設ブーム。そこで、銀行は共同出資して住宅ローン専門の会社「ノンバンク」を設立した。そのうち、各銀行が銀行本体でも住宅ローンを始め、競争が激化した。が、その大部分が、こげついてしまった。不良債権である。

このままでは、金融システムが崩壊してしまう。下手をすれば、日本発の世界恐慌である。

それを防ぐために、日本政府は、公的資金の大量投入に踏み切らざるを得なかったが、銀行を救うため国民の血税を投入することに、マスコミや世論の拒否反応が強烈だった。

今日《こんにち》と同じである。

この時も、国民の怒りをなだめるために「いけにえ」を作ることにした。

銀行のトップは、経営責任と刑事責任の両方で責められることになった。

もっとも、経営上の判断ミスで、企業に損失を与えたり、倒産させたりすることはよくあることで、その度に、刑事責任など問われたら、銀行を引き受ける人間はいなくなってしまうだろう。

しかし、破綻した銀行を助けるために、国が資本を注入することは、納税者に負担をかけるのだから、経営者の責任を追及しなければ、国民が納得しないだろうと考え、刑事責任を追及する国策捜査が行われ、いけにえ狩りが行われたのである。

そうした歴史に気付いていれば、松崎は、今回自分が国策捜査のいけにえになることは、予見できた筈だった。

それでも、裁判になれば無罪になると信じていた。

司法の独立を信じていた松崎は、裁判でまさか、有罪になるとは思っていなかったのである。

ところが、裁判も、国策裁判だった。

検事も、裁判官も、銀行運営について、何も知らなかったのだ。つまり、何も知らずにとにかく都市銀行の頭取を有罪にするための捜査であり、裁判だったのである。

更に彼を絶望に追いやったのは、裁判になって、例の五人が検察側の証人として出廷してきたことだった。

五人は、異口同音に、検事の質問に対して、松崎を非難した。

「都市銀行の過剰融資は、松崎頭取の独断で、ただ単に国民の信用を失っただけではなく、国際的な信用も失いました。これに対して、どんなに反省しても、責任は取り切れないでしょう。それは、まさに万死に値いすると思います」

もちろん、松崎は、反論した。だが、彼の反論は無視され、有罪になり、一年六ヶ月の刑務所生活を、送ることになった。

刑務所暮しの中で、松崎は、わかったことがある。検事も裁判官も、こちらの犯した罪について捜査しそれによって、判定を下すのではなく、事件を作り、作られた事件について判定を下すということだった。

一年六ヶ月の刑務所生活は、屈辱そのものだった。いきなり、番号で呼ばれて松崎公平という人間は、消えてしまったのだ。

ひたすら、人格を失わせるように、扱われた。

友人、知人は、その一年六ヶ月の間に、全て彼から離れていった。

いや、ただ一人、友人のまま残ってくれたのは、アメリカ人のA・ヘンリーだった。日本人の友人、知人は、全員が離れていき、アメリカ人の友人だけが残ったというのは彼を奇妙な気分にさせた。

その時点で、現状に絶望した松崎は、アメリカ人、A・ヘンリーの発明になる二十年間の眠りを約束した装置に身をゆだねることに、躊躇《ためらい》はなかった。

5

翌二月二十三日（日）、松崎は、札幌駅で、由美と落ち合うと、朝早い六時五十六分発の「オホーツク1号」に乗り込んだ。ブルーと白のツートンカラー。他の特急より少し大きめの車体である。

四両編成のディーゼル特急である。ディーゼルの音がやかましい。

2号車がグリーン車だった。

松崎は、自分の身体の状態がわからないので、グリーン車にした。オホーツク1号は、グリーン車が、ハイデッカーになっていた。従って、窓からの眺めはいい。

「日曜日なのに、空いているね」

松崎は、グリーン車の車内を見廻した。

「やっぱり、コロナのせいですよ。いつもの日曜なら満席に近いんですから」

と、由美が、いう。

まばらな乗客の多くが、マスクをしていた。

特急列車に乗るのも、二十年ぶりである。

六・五六（六時五十六分）に、札幌を発車した「オホーツク1号」の停車駅は、次の通りだった。

六・五六（発）　札幌
七・二四　岩見沢
七・三六　美唄《びばい》
七・四八　砂川
七・五五　滝川
八・一一　深川
八・三二（着）　旭川
八・三五（発）　旭川
ここから列車は石北本線に入る。
九・一六　上川
九・五五　白滝
一〇・三二　遠軽《えんがる》
一〇・四八　生田原
一一・〇九　留辺蘂《るべしべ》

一一・二八　北見
一一・五一　美幌《びほろ》
一二・〇二　女満別《めまんべつ》
一二・一七（着）網走

札幌―旭川間が、一三六・八キロ。旭川から網走が二三七・七キロ。合計三七四・五キロの旅行になる。

平川修のマンションの壁に貼られていた写真は、石北本線旭川と網走の間だけだった。

写真には撮影した日時が、記入されていた。

２０１８・３・１５の数字である。

二〇一八年三月十五日に写したものだということになる。

「平川は、正確にはいつ頃から、いなくなったんだ？」

と、松崎は、隣りに座る坂元由美にきいた。

「確か、二年前の三月中旬頃だったと思います」

と、由美が、答える。

「それなら、間違いなく、あの写真を撮った直後に彼は失踪《しっそう》したことになる」

松崎がいった。

その写真を、由美は、自分のスマホで撮って、持ってきていた。

それを見ている中《うち》に、列車は、終点の「網走」に着いた。

駅全体に、うすく雪がつもっていた。陽が射していたが、北風が強く寒い。

ここにも、観光客は、殆《ほと》んどいなかった。

「とにかく食事にしましょう。もう十二時過ぎですよ」

と、由美が、いう。

駅前の食堂で、カニめしを食べる。

松崎は、食事をしながら、由美がスマホに取り込んできた平川修の写真を見ていたが、

「平川は、ここで砕氷船に乗っているんだ。船着場が写ってる」

と、いった。

「ということは、先生も砕氷船に乗ってみたいんでしょう？」

由美が笑い、砕氷船のとまっている港へ行ってみることになった。

乗船場に着くと、

「本日は、流氷が来ていませんので、一時間の海上遊覧となります」

と放送していた。

「どうします？」

由美が、きく。

「もちろん、乗ろう」

と、松崎は、いった。

砕氷船「おーろら」号に乗り込んでみると乗客は、松崎と由美だけだった。

流氷が来ないせいなのか、コロナのせいなのかわからない。

時間がきて二人だけ乗せて、砕氷船は出港した。

一階の客室は、がらんとしている。

日本語と英語で湾の周辺の説明が入る。

二人は、甲板に出てみた。

岬が見える。が、流氷は一片もない。船は、何もない海を岬に沿って進むのだが流氷の一かけらもない海というのは、こんな時は、間が抜けて見えるものである。

案内係に、二年前の三月十五日には、流氷が来ていたのか、聞いてみた。

その日には、流氷が来ていたという。

「平川は、網走に流氷を見に来たのかね？」

「だから、この砕氷船に乗ったんだと思います」

と、由美が、いう。

「しかし、船着場の写真はあっても、砕氷船の写真はないんだ」

「だとすると、わざわざ、砕氷船に乗ったのはなぜなんですかね」

「他には、石北本線しか、撮ってない」

と、いい、続けて松崎が、

「ひょっとすると、石北本線に乗ることが、目的だったのかも知れないな」

「どうします？」

「上りの石北本線にもう一度乗ってみたい」

と、松崎が、いった。

平川の撮った列車は、オホーツク1号。

それで札幌に戻るのも、特急オホーツクにすることにした。

一七・二五（午後五時二十五分）発の特急「オホーツク4号」に乗って、二人は旭川経由で札幌に戻ることにした。

一七・二五（発）　網走
一七・四〇　　　　女満別

一七・五一　美幌
一八・一五　北見
一八・三四　留辺蘂
一八・五五　生田原
一九・一九　遠軽
一九・三七　丸瀬布《まるせっぷ》
二〇・三六　上川
二一・一七　旭川
二一・三七　深川
二一・五二　滝川
二一・五九　砂川
二二・一二　美唄
二二・二四　岩見沢
二二・五三（着）札幌

相変わらず乗客の少い特急「オホーツク4号」で、二人は、札幌に戻ってきた。
すでに、夜の十一時に近い。

前もって、電話で予約しておいたグランドホテルに入る。

「今日は、私もここに泊ります」

と、由美が、いった。

彼女の部屋で、二人は網走まで往復してきた写真を、スマホのまま見ていった。

往復の写真である。

しかし、平川の撮ったものは、旭川↓網走の片道の写真である。

「彼のマンションは、札幌市内だった。とすると札幌から旭川経由で網走までオホーツク1号に乗ったんだろうと思うが、何故か、札幌へ戻る列車の写真がない」

と、松崎が、いった。

「普通に考えれば、帰りは、写真を撮らなかったということですね」

「確かにね。しかし、彼のマンションには、石北本線の旭川↓網走のオホーツクの写真は貼ってあった。網走へ行って戻ってきて、それを現像、写真にして壁に貼ったんだ。他に風景写真はあるが、鉄道写真は、この石北本線の片道を写したものしかなかった。何故かな？」

「よほど、石北本線が、印象に残っていたんじゃありませんか」

と、由美。

「網走の船着場の写真も貼ってあったよ」

と、松崎が、つけ加えた。

「つまりは、砕氷船に乗ったんでしょうけど」

「私はね」

と、松崎は、強い口調でいった。

「君と、平川を、本当に頼りにしているんだ。他の人間は、全く信用できない。今ほど、二人に傍にいて貰いたい時はないんだ。平川にも、二十年後に目覚めることは知らせていた。二〇二〇年の二月二十二日二時二十二分二十二秒という正確な時刻もだ。だから私が目覚めた時には、君や平川が傍にいると信じていたのに、彼はいない上に、行方不明だという。私は、何とかして彼を見つけ出して、私を助けて貰いたいんだ」

「よくわかります。でも、今、手掛りらしいものは、石北本線の写真しかありません」

「だから、この写真から、何とかして、手掛りをつかみたいんだ」

松崎は、メモ用紙を取り出し、そこに、わかっていることを書きつけていった。
①　二〇一八年三月十五日、平川は、札幌市内の自宅マンションを出て石北本線に乗りに行った。
札幌↓旭川↓網走

行きの写真は揃って現像、引き伸ばして、自分の部屋の壁に貼った。乗ったのはオホーツク1号。しかし、観光として、普通に考えられる網走の砕氷船や旭山動物園の写真はない。

② 石北本線に乗るためにだけ出かけたのか？

③ 平川は、二年間行方不明になっているが、その部屋代、管理費、電気代、水道代などが、何者かから、きちんと支払われているので、部屋を、今も平川修の名前で借りていることになっている。

「私は、平川が生きていると信じている」

と、松崎は、いった。

「私も、そう信じています。でも、何故、連絡してこないんでしょう？　私の携帯の番号は、知っている筈なんです」

「どうしたらいいと思う？」

「まず、警察に探して貰いましょう。ただ、捜索願は出しているんですが、ここ二年間何の知らせもありません。ですから、二年間、平川修さんと似たホームレスは見つかっていないか、身元不明の怪我人が、救急車で運ばれていないかと気にしています。車にはねられて、意識不明で収容されている人もいますから」

「そっちは、続けて君にやって貰おう。私は、新聞に広告を出す。尋ね人の広告だ。平川修に呼びかけてみる。もし彼が何かの事件に巻き込まれ、監禁されているとしたら、その犯人への呼びかけにもなるからね」

と、松崎がいった。

「お金あるんですか？」

と、由美が、また心配した。

「それが、持ってるんだ」

と、松崎が、にやっと笑った。

「私をいけにえにして、刑務所に送った奴を、ちょっと脅したんだ。お前も道づれにするぞってね。それで手に入れた金だ」

松崎は、新聞広告の文章を、メモ用紙に書きつけた。

「平川修君、君を探している。一日も早く連絡してくれ、一緒に戦いたいのだ。

連絡先　札幌市東区コンソール東マンション　五〇三号室

松崎公平」

「私はこまめに、平川のマンションへ通うことにする」

と、松崎は、宣言するように、由美にいった。

第二章　何かが始まった

1

二十年間の眠りから醒《さ》めたばかりの松崎公平には、現在、日本に襲いかかっている新型コロナウイルスというものが、どうも、ぴんと来ない。

発生源とされる中国では、大都市の武漢が、完全にロックダウンされて、町に入ることも、出ることも禁止されてしまっているらしい。

その点、まだ日本では、町がロックダウンされることもなく、行動も自由である。

松崎は、今のうちに、もう一度、石北本線に乗ってみようと、考えた。

いまだに、秘書の平川修の行方が、わからない。その平川が、何故か、自宅マンションの壁に、石北本線の写真を、何枚も、貼っていた。そのことが、どうしても、気になるのだ。

まるで、彼が、何かを訴えかけているように見える。

目覚めて、一番最初に会ったのが、坂元由美だった。その由美の助けを借りながら、秘書の平川を探している。

その平川が、撮った写真である。

石北本線は、旭川─網走間だから、その間の写真だけが貼ってあってもいいのだが、考えてみると、札幌に住んでいた平川なら、札幌─旭川─網走の列車に乗った筈である。

しかし、札幌─旭川の写真が、無いのである。その間も写真を撮ったが、わざと、壁には貼らなかったのか。

旭川─網走間、石北本線を走る特急列車は、「大雪」一本しかない。

それに対して、札幌─旭川を走る特急列車は、何本もあった。

オホーツク

ライラック

宗谷

カムイ

の四本である。

ただ、この中で、石北本線に入って、網走まで行く特急は、オホーツクだけなのだ。

だから、石北本線に乗るために利用したのも、特急オホーツクだろうと考えたし、問題の写真を見ても、オホーツク1号に間違いなかった。

そして、同じく写真に記録された日時から、二年前の三月十五日だと、確認された。

それも、グリーン車らしい車内が写っているので、二年前の三月十五日に、オホーツク1号のグリーン車で、誰かに会おうとしていたのではないか。

そして、この写真を撮ったあと、平川は、行方不明になったと、松崎は考えた。

だからこそ、松崎は、坂元由美と、もう一度、オホーツク1号に乗ろうと考えたのである。

2

札幌から、オホーツク1号に乗った。

四両編成の2号車が、ハイデッカーのグリーン車である。

いつもの今頃なら、網走の砕氷船や、旭山動物園のペンギンを見に多くの観光客が、この列車に乗っていると思うのに、やはりコロナのせいか空《す》いている。

午前六時五十六分、札幌発。

まだ、札幌は寒い。周辺には、残雪が、大量に残っている。

車掌が、車内に来た時も、二人は平川修の話をしていた。

旭川着八時三十二分。

旭川は、札幌に次ぐ大きな街である。

人口三十三万五千。

当然、旭川駅も大きい。二〇一一年（平成二十三年）に、改築して長さ一八〇メートルの高架駅になった。

函館本線で、札幌からやってきた鉄道は、この旭川で、富良野、宗谷、石北の三線に分かれる。その基点駅である。

駅のホームは、屋根が高く、それを支える何本もの柱が巨大なため、深い森のように見える。

三分停車し、網走に向って発車。

そのあとも、平川の話になった。

「彼は、三月中旬から、いなくなったと、いっていたね」

松崎は確認するように、由美に、きいた。

「そうだったと思います」

「とすると、平川は、二年前の三月十五日に、石北本線で旅行したその前後に、いなくなったということになるね」

と、松崎がいった時、ふいに、

「失礼ですが――」

と、男から、声をかけられた。

見上げると、相手は、制服姿の車掌だった。

「え？」

と、いう顔で、車掌の顔を見ると、

「車内検札の時も、平川さんという名前を、話されていましたが、それは、平川修さんのことですか？」

車掌が緊張した表情で、二人を見た。

松崎は、眼を大きくして、

「車掌さんは、平川修を知ってるの？」

と、きき返した。

「いえ。知り合いというわけではありませんが」

「しかし、平川修という名前は、知っているんでしょう？　いつ、彼に会ったんですか？」

「二年前の三月十六日です」

車掌は、はっきりいう。

「その日に何処で？」

「今日と同じ、オホーツク1号の車内です」

「ちょっと待って下さいよ」

と、松崎は、由美と顔を見合わせてから、

「それは、三月十五日じゃないんですか？」

と、きいた。

しかし、車掌は、きっぱりと、

「三月十六日です。二年前の」

「何故、そういえるんですか？」

「三月十六日に、私が、オホーツク1号に乗っています。調べれば、わかることですよ」

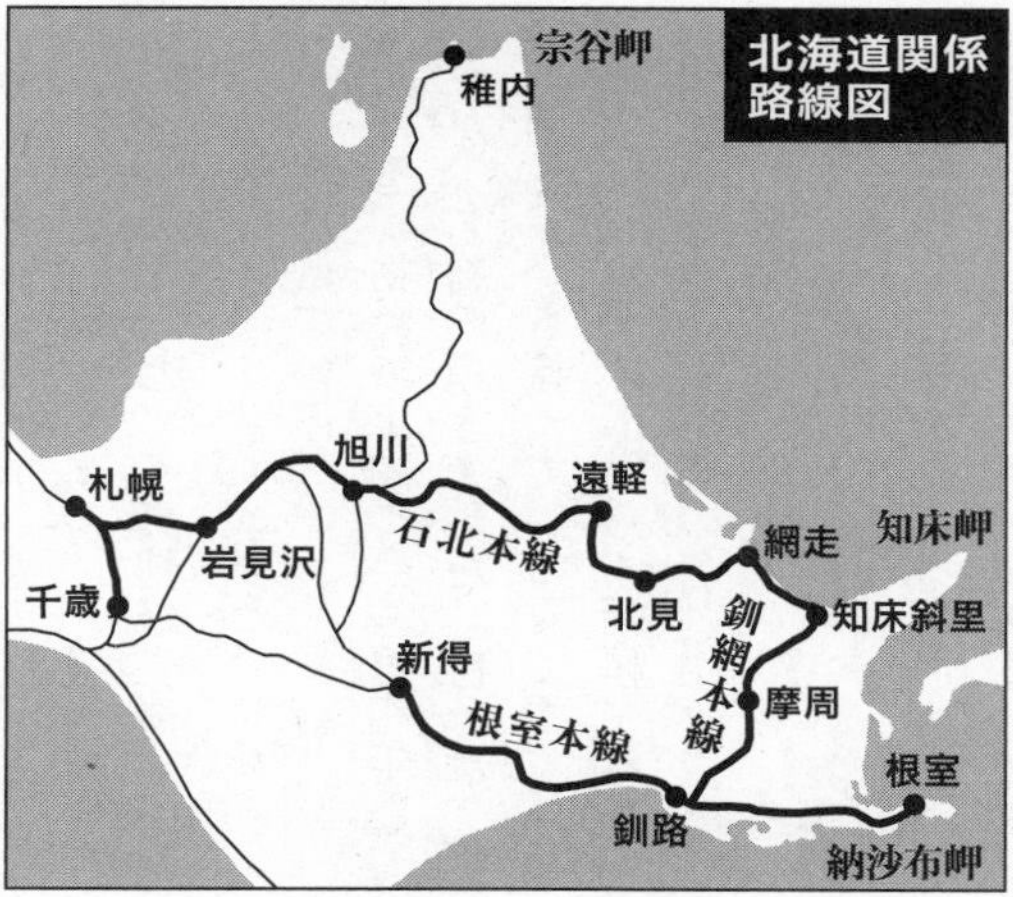

（しかし――）

と、松崎は、思った。

あの写真に記された日付では、間違いなく、二年前の三月十五日のオホーツク1号で、平川自身も、写っている。

（とすると、平川は足取りをたどられないように動いているのか？）

「それで、二年前の三月十六日に、平川修と何があったんですか？　全く知らない、ただの乗客だったんでしょう？」

と、松崎が、きいた。

「手紙を頼まれました」

「え？」

また、松崎が、小さく声をあげた。あまりにも、予想外の答えだったからである。

「なぜ、手紙を？」

「私にもわかりません。列車を降りた時に、投函されたらいいでしょうと、申し上げたんですが、理由があって、投函できないので、あなたが、列車を降りたあと、投函して欲しいと、とても真剣な表情でいわれるので、私も、妙な話だと思いながら、つい、預ってしまったのです」

と、車掌は、いう。

「しかし、初めて車内で会った相手なんでしょう？」

「ただ、名刺を頂きました。自分は、怪しいものじゃないとおっしゃって。実は、その名刺を、今も持っているんです」

車掌は、ポケットから、手帳にはさんだ名刺を取り出して、松崎に渡した。

間違いなく、平川修の名刺だった。

名刺の裏に、ボールペンで、

『間違いなく、私は、安田車掌に、手紙を預け、投函をお願いしました』

と、書かれてあった。

「それは、私が、お願いして書いて貰いました。あとで問題になると困ると思ったので」

と、車掌が、いう。

「それで、どんな手紙だったんですか」

「白い封筒で、切手が貼ってあって、『親展』と書かれてありました。宛名は、確か、松崎公平様だったと思います。差出人は、『特急オホーツク1号の車内にて、平川修』になっていました」

「宛先に住所は書いてありましたか？」

松崎が、きいた。

「それが、札幌市内のグランドホテルになっていました。それで、ホテルに泊っている方だと思いました。あなたが松崎さんですか？　それなら、あの手紙は、受け取られた筈ですが」

「私は、当時、外国に行っていたので」

と、松崎は、いった。

その頃、彼は、機械の中で、眠っていたのだ。平川も、それを知っていた筈だから、あとで、グランドホテルに、自分で取りに行く積りだったのか。

「じゃあ、あの手紙は、どうなったんでしょうか。誰が受け取ったんでしょうか？」

と、車掌が、首をかしげた。

「それは、私が、調べます」

と、松崎がいった。

「それで、列車が、どの辺りを走っている時に、平川から、手紙を渡されたんですか？」

「確か、遠軽を出た直後でした」

「それは、間違いありませんか？」

「この列車は、遠軽で、方向転換をします。その直後だから、よく覚えています」

と、車掌は、自信満々で、いった。

オホーツク1号は、旭川から、石北本線に入るのだが、終点の網走までの時刻表によれば、遠軽発は、十時三十二分である。

一〇・三二（発）　遠軽
一〇・四八　　　生田原
一一・〇九　　　留辺蘂《るべしべ》
一一・二八　　　北見
一一・五一　　　美幌
一二・〇二　　　女満別

一二・一七（着）網走

車掌のいった遠軽に着いた。

確かに、ここで、先頭が変った。札幌からここまで、四両編成の1号車が先頭で走って来たのだが、遠軽で、4号車が、先頭になる。

松崎は改めて、あの車掌が、本当のことを話したとわかったのだが、逆に、疑問は、強くなった。

平川は、何故、「親展」とまで記した手紙の投函を、見ず知らずの列車の車掌に頼んだのか。

その宛先を、何故、松崎にしたのかもわからない。あと二年、松崎が眠りから覚めないことは、知っていた筈なのだ。

今、その手紙は、何処にあるのか。

松崎が、一番知りたいのは、その手紙に、いったい何が書いてあったのかだった。

そのあと網走まで、二人で、話し合うことになった。

「平川は、オホーツク1号の車内で、誰かに会ったんだと思う」

と、松崎が、いった。

「問題は、誰に会ったかだ」

「五人の誰かじゃありませんか」

由美が、いう。

「あの五人か」

松崎は、きつい顔になった。

バブルの頃、松崎を含めて、六人の若手の経済界のエリートがいた。

しかし、バブルがはじけて銀行業界に破綻が広がり政府の援助を受けるためには、いけにえが必要だとわかると、五人は、冷酷に、松崎をその対象にしたのだ。

松崎ひとりが、刑務所行になった。

松崎は、二十年の眠りに入る前、平川に調査を頼んだ。

五人が、松崎を転落させるために何をしたのか。彼等の背後に、誰がいたのか。それを調べておいてくれ、と。

松崎が消えたとなれば、五人は安心して、秘密を喋るかも知れないと、思っていたからだが、その答えを教えてくれる筈の平川が、行方不明になってしまったのである。

「確かに、平川が、車内で彼等と、出会ったことは、十分に考えられるね」

と、松崎は、いった。

「無理なことを私は、頼んでしまったのかも知れない」

「彼等に見つかってしまったのではなくて、逆に、彼等を見つけたのかも知れません」

と、由美がいった。

「それは、どういう意味だ？」

「平川さんは、この車内で、たまたま、五人の一人か二人かを見つけたんだと思うんです。その人間が誰かと会っているところを、写真に撮ったんじゃないでしょうか。ところが、そのあと相手に見つかって、終点の網走で降りろと脅かされた。折角撮った写真を奪われてしまうかも知れない。そこで、写真をというか、メモリー媒体を封筒に入れ、切手を貼って、車掌に投函を頼んだんじゃないでしょうか」

「だが、君のいう通りなら、そのメモリー媒体の入った手紙は、何処にいったんだ？」

「平川さんは、あとで、自分でグランドホテルに取りに行くつもりだったんだと思います。それが、行けなくなって、ホテルの方は、一時、預っていたとしても、二年もたったので、処分してしまったのではないでしょうか」

「そうかもしれないな」

と、松崎は、いった。

列車が、終点の網走に到着。

松崎は、もう一度、車掌に会いたかったが、見つからなかった。

ともかく、平川が、二年前の三月十六日に、果して、終点の網走まで来たのかどうか、松崎は、知りたくなって一日、この町に留まることにした。

まず、中心部にあるホテルに、荷物を預けた。

平川が、砕氷船の出る船着場に行ったことは、わかっていた。が、これは、三月十五日のことである。今回知りたいのは、翌、十六日のことだった。

それに、由美の考えが正しければ、その日、五人の一人か二人に、平川は見つかって、危かったことになる。

網走で、降りたあとで危険な目にあったことも考えられる。いずれにしろ、何があったか知りたかった。

五人については、三十年前の写真だが、松崎は、持ってきていた。平川修の写真も、持ってきていた。

松崎と、由美は、二枚の写真を持って、網走の町の聞き込みを始めた。おそい昼食も、夕食も、町の中でとり、その時食堂で、聞き込みをした。が、実りはなかった。

六人の中の誰かを二年以内に目撃したという声は最後まで、聞けなかった。

疲れ切って、ホテルに戻り、すぐ、部屋のベッドに横になったのだが、十一時近くに、突然、由美から電話がかかった。

「すぐテレビを付けて、ニュースを見て下さい」

と、大きな声でいうなり電話を切ってしまった。

半ば、うとうとしかけていた松崎は、あわてて、テレビのスイッチを入れた。

「二年間、不明だった男性の遺体の身元が、判明しました」

と、アナウンサーが、いう。が、まだ、由美の興奮していた理由がわからない。

「二年前、釧路港で、発見された身元不明の男性の遺体ですが、偶然から、突然身元が、判明しました。井上潔さん、当時七十一歳。人材派遣会社ＭＭＫの会長で、三十数年前のバブルの頃は北海道銀行協会の若手の理事として、活躍していました」

（あいつだ）

と、松崎は、思わずテレビ画面を睨んだ。が、続くアナウンスが、彼を驚かせた。

「このため、北海道警本部は、迷宮入りしかけていた事件に、捜査のメドが立ったということです」

井上潔の死は、ただの死ではなく、どうやら、殺人事件の被害者だったらしい。

思わず、松崎は、起ち上り、テレビのボリュームを大きくする。

「ここで、二年前の事件を振り返ってみましょう」

画面に釧路の町が映り、カメラが動いて、釧路の港と埠頭《ふとう》の様子が大きく映し出されていく。

それに、アナウンスが、かぶる。

「今から二年前の三月十七日の早朝、この埠頭の先端で、七十代と見られる男性が殺されているのが発見されましたが、顔が潰されている上、身元を証明するものが、全く見つからず迷宮入りの心配が出ていたところ、やっと、身元がわかったのです。これで、捜査は、進展するものと、期待されています」

二年前の三月十七日といえば、オホーツク1号の車内で、平川修が、手紙を車掌に託した翌日である。由美の推理が正しければ、十六日、オホーツクの車内で、平川は、危険な状況にあったということなのだが、殺されたのは、憎っくき五人の一人、井上潔だったということになる。

しかし、なぜ、網走ではなくて、釧路なのかということになってくる。

それに、もし、平川が、殺したのだとすれば、彼はどうして、行方不明なのか。

松崎は、無性に、それを知りたくなった。

朝になるのを待って、テレビ局に電話をかけ、なかば強引に、報道部の部長につないで貰った。

「どうして身元がわかったのか、それをどうしても知りたい」

と、松崎が、いった。

最初、部長は、ニュースソースの秘匿《ひとく》を理由に拒否した。

そこで、松崎は、自分が、井上潔たちと一緒に写っている三十年前の写真を由美のスマホで撮って送信し、当時の六人衆の話もした。

それで、報道部長は、やっと、身元がわかった経緯を説明してくれた。

「突然、男の声で、電話が、入ったんですよ。二年前の三月十七日に、釧路港の埠頭で見つかった身元不明の人物について、自分は、よく知っているといいましてね」

「すぐ信用できましたか？」

「いや、自分だけが知っているというガセネタは、よくあるんです。この時も、二年間、わからなかった事件ですからね。警察に知らせたのかと聞きました。そうしたら、警察にかけると、犯人扱いされるから、そちらにかけた。警察には、そちらから知らせてやってくれというのですよ」

「それで、ますます、信用できなくなった？」

「いや、反対です。ひょっとすると、犯人かも知れないと思いましてね。すぐ、ボイスレコーダーのスイッチを入れました。ああ、その録音をお聞かせしましょう。その方が、早い」

部長は、気軽にいって、音声を、電話越しに聞かせてくれた。

＊

「とにかく、話して下さい」

「名前は、井上潔。ＭＭＫという人材派遣会社の会長で、年齢は、当時七十一歳。二十数年前の経済危機の時は、北海道銀行協会の理事だった。その男だという証拠は、亡くなった年の一月下旬に、東京の歯医者で、奥歯一本を抜歯し、その手当てをしている。このことは、発表されてないから、警察に知らせてくれれば、はっきりする。それに、東京に本社のあるＭＭＫにも電話してみろ」

「あなたの名前を教えて下さい」

「正義の味方。それでいいだろう」

＊

会話はこれで、終っている。

「それで、警察に知らせたんですね？」

と、松崎が、きいた。

「知らせたら、間違いなく、奥歯を一本抜いて手当てした痕《あと》があるとわかったんです」

「それにしても、ＭＭＫといえば、人材派遣の業界でも、大手でしょう。その会長がいなくなったというのに、何故、二年間も騒がなかったんでしょうか」

「私も、それが、不思議だったんですが、どうもこの会長というのが、外部から、突然、入ってきた。それも有力政治家に、押しつけられたみたいで、内部の重役たちの反感をかっていた。それで、会長がいなくなっても、探さなかったんじゃありませんかね」

部長は、いった。

「男の声、平川じゃなかったか？」

と、松崎は、隣りの由美に、きいた。

「わかりません。二年間、聞いていませんから。先生は、どうなんですか？」

「私は、二十年間、聞いてないよ」

と、松崎は、いった。

とにかく、二十数年前、自分を刑務所に送った憎っくき五人組の一人が、殺されたのである。

今は、犯人に、感謝すべきだろう。

時間がかかってしまい、この日は、札幌に戻らず、網走に、もう一泊することに決めた。

外で夕食のあと、ホテルに帰ると、松崎は、ロビーで、備付けの大型時刻表を調べた。

今、わかっているのは、二年前の三月中旬、平川は、札幌から、オホーツク1号に、乗ったということだけである。

列車が、石北本線に入ってから、平川は、突然車掌に手紙の投函を頼んだ。由美の推理では、いわゆる敵の一人か二人に見つかってしまったのではないかということになる。

平川は、その人間に、終点の網走で、強制的に、降ろされたのか。

それが、五人の一人、井上潔だったのか。

しかし、その井上潔は、網走ではなく、釧路港の埠頭で死体になっていた。何故、網走ではなく、釧路なのかと考えていたのだが、時刻表を見て、了解した。

網走から、釧路まで、一直線に、釧網《せんもう》本線が走っていたからである。

釧網本線は、冬には、最高の観光路線になる。

冬季、釧網本線に乗れば、「冬の三白《さんぱく》」が見られるからである。

三白とは、流氷、大白鳥《おおはくちょう》、丹頂鶴《たんちょうづる》である。しかも、釧網本線に乗ると、乗ったまま、この三白が見られるといわれていた。

「明日、釧網本線に乗ってみよう」

と、松崎は、いった。

「何か、事件が、始まったような気がするんだよ」

釧網本線は、奇妙な路線である。

冬季には、「三白」が、見られるというのに、特急も、急行も走っていないのである。

もちろん、季節によっては、観光客目当てに、「しれとこ摩周号」とか「くしろ湿原ノロッコ号」とかが走っているが、全て快速で、特急ではない。

適当な時間帯の列車がなかったので、二人は、十時二十四分網走発の快速「しれとこ摩周号」に乗った。

この快速の前後の時刻を見ても、釧路行は、六時四十一分網走発の普通列車と、十五時十分発の普通列車しかないのである。

二人が乗った快速は、ディーゼル機関車に引っ張られる客車の列車である。

網走を出発すると、北浜、知床斜里《しれとこしゃり》まで、海岸線を走る。左手に見える海は、オホーツクである。

乗客は少い。せいぜい二割ぐらいだろう。マスク姿がほとんどだ。

突然、乗客が、歓声をあげた。

青い海が白くなっていた。流氷である。流氷は気まぐれだから、真冬でも、見えたり、一日で消えたりするから、目のまえに現われたのは、幸運なのだ。

逆の方向に、白鳥で有名な濤沸湖《とうふつ》があって、そこには、大白鳥が何羽も見えるのに、乗客は、「ああ、白鳥」と、肯《うなず》いても、歓声はあげなかった。多分、大白鳥の方は、餌付けなどがあって、見られることが多くなったからだろう。

知床斜里あたりから、列車は、海岸線を離れて、内陸部に入っていく。

大白鳥と、流氷が見られたので、松崎たちは、網走駅で買ってきた駅弁を広げた。

他の乗客も、同じ思いなのか、駅弁を食べ始めている。

冬の北海道の駅弁は、鮭、かに、いくら、帆立と、豪華である。

摩周駅に着く。

摩周湖の駅である。

松崎は、釧網本線に乗ったことがなくて、今日が初めてだったが、この摩周駅の名前は知っていた。

この駅の前の名前は、弟子屈《てしかが》駅、あの横綱大鵬《たいほう》の出身地で、かつて、都市銀行の頭取だった松崎は、銀行のポスターに、大鵬を使ったことがあるからだ。

駅名から、ふと当時を思い出しているうちに、列車は、釧路湿原に近づいていく。

「そろそろ、丹頂鶴が見えてくると思います」

と、由美が、スマホを構える。

丹頂鶴の餌付けも有名だから、間違いなく見られるだろうと、思っていると、小さな無人駅に着いたら、そのホームに、二羽の丹頂がいた。列車に驚くこともなく、乗客を迎えてくれた。

三白を全部見て、十三時三十六分（午後一時三十六分）、快速「しれとこ摩周号」は、終点の釧路に到着した。

4

かつて、松崎が、都市銀行の頭取だった頃、仕事で、釧路に来たことは、何度かあったが、札幌から、わざわざ、網走経由で、釧網本線を使ったことは一度もなくて、いつも、帯広経由の特急「おおぞら」を、使っていた。札幌から釧路まで、四時間である。もっと急ぐ時は、飛行機だった。

それが、松崎が眠っていた頃から、様子が違ってきたという。

突然、外国の観光客が、押しかけて来て、釧路駅が、観光基地になってしまったのである。

雪を見に来るオーストラリア人もいるが、大部分は、台湾、香港を含めた中国人だった。

彼等は、丹頂鶴、大白鳥、そして、流氷を見に釧網本線に乗る。グループでである。

他にも、一変したものに、釧路の先の根室本線があった。

根室本線といえば「本線というのに、たった一両の気動車が、人の気配のない根釧《こんせん》原野を二時間あまりも走るのである」と、からかい気味に紹介されていた。

そのうちに、廃線になるだろうという噂まであったのに、突然、外国人（中国人）が、押しかけてきたのである。

何もないが、自然だけは、やたらにあるのもいいのだろうし、終点の根室に行けば、ノサップ岬から国後島《くなしり》、歯舞《はぼまい》の島々が見えるし、ラムサール条約に登録された野鳥の聖域もある。

JRは、観光列車「快速はなさき・ノサップ」の二本を走らせたり、「日本最東端の駅」とポスターに書いたり、近くのノサップ岬を、「日本で朝日が一番早い納沙布岬」という文言で、売り出している。

その二本の基地が釧路である。

駅長を始め、駅員たちは、今や、英語の他に中国語の習得に励んでいるという。

多分、いつもの釧路駅なら、中国人の観光客たちで、あふれているのだろうが、今日は、コロナのせいで、ホームも、駅前も、閑散としていた。

松崎は、個人タクシーに乗り、死体のあった釧路港の埠頭に行ってみることにした。

埠頭には、客船の姿もないが、二年前は、客船が、来ていたのだろう。

東京―釧路のフェリーの定期船もあったからである。

タクシーは、埠頭の先端近くまで進んで、停まると、

「死体が発見されたのは、この辺りの筈です」

と、運転手が、いった。

松崎と、由美は、車を降りた。

陽差しはあるが、北海道である。風が強く、やたらに寒い。

「君は、ここで、死体を見たのか？」

と、松崎が、きいた。

運転手は、笑って、

「私は死体を見たわけじゃありません。ただ、この埠頭には、時々、お客さんを案内してきているので、ニュースなんか見て、死体があったのは、この辺りだろうと思っているんです」

「三月十七日の早朝だったね」

呟きながら、松崎は、周囲を見廻した。

広い埠頭に、今は、千トンクラスの貨物船が一隻、つながれているだけだった。

埠頭の端までここから、三メートルぐらいか。

「犯人は、何故、死体を引きずって行って、海に落さなかったんだろう？」

と、松崎が、いった。

大型船が繋留《けいりゅう》できる埠頭である。埠頭の傍でも、七、八メートルの深さはある筈なのだ。そこに沈めておけば、二、三日は発見されなかったのではないか。

「でも、犯人は、顔を潰し、身元のわかるものは、全て、持ち去っていますよ」

と、由美は、いう。

「とすると、犯人は、死体は発見されたいが、身元は、わからないようにしたいと、思っていたことになる」

と、松崎は、いった。

「おかしな期待ですね」

「そんな期待を、どんな犯人が、持つだろう」

松崎は、自問してみたが、答えは見つからない。

寒さが、応えてきて、二人は、車に戻った。

「これから、何処に行きます？」

と、運転手が、きいた。

松崎は、ちょっと考えてから、

「釧路警察署へ行ってくれ」

と、いった。

釧路警察署には、「釧路埠頭殺人事件捜査本部」の看板が、出ていた。

松崎が、殺された井上潔の三十年来の友人だと、受付で話し、肩書きのない名刺を渡すと、すぐ、奥に通され、捜査を担当する北海道警の三宅《みやけ》という警部を紹介された。

三十代の若い警部である。

「被害者井上潔と、三十年来の友人だそうですね」

と、三宅は、探ぐるように、松崎を見た。

松崎は、ここでも、六人衆の写真を見せた。

松崎は、当時の北海道の経済界の事情を説明した。

ただ、彼自身のことは、話さなかった。

「なるほど、北海道経済界の若きエリートさん方ですか」

と、三宅がいう。

「二十年以上も前までの話です」

「その後井上潔さんとのつき合いはなかったんですか？」

「私は、銀行業界から完全に離れましたから、井上潔とは、全くつき合っていません。彼が、何処で何をしているのか知りませんでした。六人衆のリストはこの通りです」

「六人衆ですか」

三宅は、呟いて、しばらく考えていたが、

「このリストは有り難い。実は、今まで、発表していないことが、あるんです。それを、あなたに教えましょう」

と、いった。

「どうして、私に？」

「あなたを信用したわけじゃありません。犯人かも知れませんからね」

と、三宅は、冗談めかして、いったあと、

「身元を証明するものは、何もなかったと発表しましたが、実は、背広の内ポケットに、妙なものが入っていたんですよ」

と、いった。

「身元を証明するものが、あったんですか？」

「いや。それなら、発表しています。どう考えたものかわからないので、今まで、発表しなかったのです」

三宅は、いったん席を外すと、奥からビニール袋に入ったものを持ってきて、二人に見せてくれた。

カギだった。

そのカギに、白い札がついていた。五センチ幅ぐらいの楕円形の合成樹脂の札だった。

その札には、数字が、書かれていた。

「1」

である。

「私が、それを、あなたに見せた理由は、わかるでしょう」

三宅が、松崎の顔をのぞき込んだ。

「私が、六人衆といったからでしょう」

「そうです」

「しかし、三十年も前のことですよ。今は、バラバラになっている」

「今回の事件に関連して、初めて、具体的な数字が出てきたんです。それも、一桁の数字です」

「しかし、カギの方が、大事でしょう。どこのカギか、わかったんですか?」

と、松崎が、きいた。

「もちろん、調べましたよ。釧路市内はもちろん、釧路周辺の貸金庫なども全て。しかし、このカギに合う物は、見つかりませんでした。カギの専門家に見せたところ、カギ本来の目的のためには、あまり使われた形跡はないということでした」

「それで、カギより、札の数字の方が、大事なのではないかと、考えられたわけですか？」

と、松崎が、きいた。

「そうです。ひょっとすると、犯人は連続殺人事件を計画していて、これは、第一の殺人であることを示しているのではないかと考えたのです」

「その証拠は、見つかったんですか」

「直接証拠は見つかりませんが、状況証拠はあると思っていました」

と、三宅は、いう。

自分の考えを話すわけにもいかず、松崎は黙っていた。

「犯人は、別に、連続殺人を予告はしていませんが、わざと死体を発見させながら、身元を、必死で隠しています。もし、今回の殺人だけで、終了と考えているのなら、そんな面倒なことはしないでしょう。連続殺人を考えているとすると、二人目を殺すまでに、第一の被害者の身元が割れて、二人目がわかってしまうと、犯人の狙う連続殺人が、出来なくなる。だから、死体は発見されても、身元はわからないようにした。これが、状況証拠です」

「なるほど」

「そこへ、あなたが、6という数字を、持ってきてくれた。六人衆の6です。これで、直接証拠も見つかりました」

「まだ、連続殺人の証拠と、決ったわけじゃありませんよ」

と、松崎は、釘を刺した。

三宅警部の方は、それを意に介さず、

「六人の中の一人が殺された。そして、二人目が。そんな小説がありましたね」

と、勝手なことをいう。

「アガサ・クリスティの『そして誰もいなくなった』でしょう。面白い小説ですが、小説と現実は違いますよ」

と、松崎は、いい返した。

それでも、三宅は、平気で、いいたいことを、いうのだ。

「あなたに頂いた六人のリスト、大いに参考になります。残りの五人の一人でも消息がつかめたら、すぐ、連絡して下さい。それから、住所と、連絡先を書いておいて下さい」

と、メモ用紙と、ボールペンを差し出した。

「それでは、私と松崎先生からも、お願いがあります」

由美が、三宅に言った。

「何でしょうか？」

「さっき見せて頂いたカギと、１の数字の札を、３Ｄプリンターで、造って、私たちにくれませんか。札幌に帰ったら、カギに合ったものを探してみたいと思います」

「３Ｄプリンターはありますが、ちょっと時間が、かかりますよ」

と、三宅が、いう。

「構いませんよ。札幌には、明日中に帰ればいいんですから」

二人が待っている間、コーヒーとケーキが、用意された。

３Ｄプリンターでの作業は、確かに、時間がかかった。一時間近くかかって、やっと、カギと札が造られて、松崎に渡された。

それを貰い、コーヒーと、ケーキの礼をいって、二人は、釧路警察署を出た。

「あの三宅という若い警部ですけど」

と、駅に向って歩きながら、由美は、憤懣《ふんまん》やるかたないという顔でいう。

「いいたいことをいって、先生に対して、無礼ですよ」

「あれでいいんだ」

と、松崎が、笑った。

「何が、いいんですか」

「彼は、私に対して、宣言したんだよ。あなたも、容疑者の一人だぞ、ってね」

「先生は、わざわざ、警察に協力するために、釧路警察署に行ったのに」

「だが、三宅警部から見れば、捜査状況を調べに来たように、見えたんだろうね」

「バカにしてますよ。こっちの苦労もわからずに」

「三宅警部は、私に、いやわれわれに向って、こういったんだ。六人の中の一人が殺された。残りの五人の消息がわかったら、すぐ、知らせて下さいとね。私を警察の協力者と、本当に信じているのなら、私を除いたあとの四人の消息というだろう。ところが、彼は、最後まで、五人の消息と、いい続けた。間違いなく、彼の眼には、私も容疑者の一人なんだ」

「それで先生は、平気なんですか？」

「というより、この方がいいと思っているんだ」

と、松崎が、ニッコリした。

「どうしてですか？」

「私は、残りの四人の中に、犯人がいると思っている。一人か二人かわからないがね。

私が、警察に信頼されていて、警察の味方になっていたら、四人に会った時、向うは用心して、何も喋ってくれないだろう。その点、同じ容疑者なら、安心していろいろと、喋ってくれる可能性もあるだろう」

と、松崎は、いった。

そのあとで、

「急に、おなかが減ってきた。何処かで、夕食にしよう。ずっと一緒にいてくれたお礼に、何か美味いものを奢《おご》るよ」

と、いった。

「釧路の美味いものといったら、何でしょうか？」

「『勝手丼《かってどん》』という名物があると聞いたことがある」

「どんな名物ですか？」

「釧路駅の近くに、釧路和商《わしょう》市場という大きな市場がある。釧路の台所と呼ばれるところでそこへ行くと、勝手丼という美味いものを、食べさせてくれると聞いたんだ。昔、何回も釧路に来ていたが、その市場にも行ったことがないし、勝手丼というのも食べたことがないんだ」

「じゃあ、その勝手丼を食べに行きましょうよ」

と、由美が、せきたてた。

釧路和商市場が釧路駅の近くだと、松崎は聞いていたが、正確な場所はわからない。

そこで、タクシーに乗ることにした。

その市場は、釧路駅の南西一九〇メートルのあたりにあった。

三角屋根の入口で、四角い塔に、「和商」と、大きく書かれていた。

釧路港でとれた魚が、ずらりと並べられていて、客は、どんぶりを持って気に入った材料を集め、それで、海鮮丼を作って貰うから勝手丼だと教えられた。

これが、結構面白いのだ。三十分以上かかって、どんぶりが、一杯になり、それを使ってひとりひとりの海鮮丼が出来あがり、市場の中で食べる。

由美は、うっすらと汗をかいているし、松崎は、二十年ぶりに、運動をした気分だった。

このあと、釧路駅の中にあるカフェで、ひと休みすることにした。

お腹が重いので、二人とも、軽いジュースを頼んだ。

「今からでも、札幌へ帰れるが、どうする？　釧路で、もう一泊するか」

と、松崎が、きいた。

「まだ、列車が、あるんですか？」

「最終は、十八時五十九分のおおぞら12号だ。まだ五十分ある。これに乗れば、二十二時五十八分に札幌に着ける」

「十一時に着くんですね」

「ゆっくり考えていいよ。五十分あるから」

と、いい、松崎は、コートのポケットから、3Dプリンターで、造って貰ったカギを取り出した。

それをテーブルの上に置いて、

「君の考えを聞きたいな。犯人が、何のつもりで、このカギを、死体のポケットに、入れておいたのか」

と、松崎は、由美を見た。

とたんに、由美の顔色が変った。眼が大きく見開かれている。

松崎は、驚いて、

「どうしたんだ？」

と、きいた。

「違ってます。違ってます」

由美の声が、ふるえている。

「何が、違うんだ?」

「カギの番号が違ってます」

「バカなことをいうな!」

叱りつけるようにいって、松崎は、カギを見た。

その顔色が、変る。

カギの札に書かれた数字が、1ではなく、

「2」

になっているのだ。

由美が、ふるえる声で、

「番号が、ひとりでに変るなんて――」

「違うよ!」

松崎が、大声を出した。

「和商市場で、夢中で、どんぶりに、好きなものを放り込んでいた。周囲に注意するのを忘れていた。あの時に、何者かが、私に近づき、このカギを、コートのポケットに突っ込んだ。それに気付かずに――」

喋りながら、松崎は、コートの反対側のポケットに手を入れた。

（やはり、あった！）

摑んで、取り出した。

三宅警部に、3Dプリンターを使って造って貰ったカギだった。ナンバーも、もちろん「1」だ。

二つのカギを、テーブルの上に並べて、松崎は、

「畜生！」

と、叫んだ。

誰かが、身体を寄せて新しいカギを、コートのポケットに投げ入れるのに気付かなかったことに、無性に腹が立つのだ。

「私は、何て間抜けなんだ！　犯人は、今頃、笑ってるに決ってる」

「先生――」

「何だい？」

「間もなく、最終列車が出てしまいます」

「止《や》めだ！」

「札幌に戻らないんですか？」

「こんな目にあって、札幌に帰れるか。帰ったら、犯人に笑われるぞ。コソコソ逃げ

たといってだ」

「じゃあ、どうするんです？」

「この釧路に残って、バカにした奴を、絶対見つけ出してやる」

松崎は、二十数年前、いいようにやられてしまった。寄ってたかって、罠に落とされ、欺《だま》され、刑務所に送られてしまった。自分の才に溺れ、他人を信じたために、人生の敗者にされた。二度と負けてなるものか。過去への復讐をしてやるという覚悟で、二十年の眠りから醒めた筈なのに、このザマは、何なのだ。

「この釧路で戦うために、ホテルを予約します」

由美は、冷静に、スマホを使い、駅近くのホテルの予約を取りつけたあと、この店のマスターに、新しく、コーヒーを頼んでから、

「ホテルは、取りましたから、腰を落ち着けて、戦いに入りましょう。先生」

と、松崎を見た。

「君は、頼りになる」

「先生の秘書ですから」

由美は、笑い、運ばれてきたコーヒーの片方を、松崎の方に、押しやってから、

「この新しいカギは、何のために、先生に持たせたんでしょう？」

と、きいた。

松崎は、自分を落ち着かせるために、わざとゆっくり、コーヒーを口に運んだ。

「ナンバー1のカギは、今日、三宅警部に見せられたが、実際に殺人が行われたのは、二年前だ。もし、犯人が、連続殺人を企んでいるとすれば二年間は短かいスパンじゃない。ようやく、二年たって二人目の殺人を実行して、私に知らせたくなったんだろう」

「でも、何故、先生に知らせようとしたんでしょう？」

「いろいろ考えられるよ。二十年の眠りから醒めたと思うと、いきなり、二年前の殺人事件を調べ始めたからかも知れない。最初に殺されたのは、私の知っている井上潔だった。二人目も私の知っている人間かも知れない。それも、あの五人の中の一人だとしたら、犯人は、私に知らせたかったんじゃないか。まだ、二人目の死体は見つかっていないがね」

「他にもありますか？」

と、由美が、きく。

「私に対する警告、或いは、脅しか」

松崎は、こう続けた。

「犯人は、二番目に、私を殺すつもりでいるのかも知れない。だとすれば、この新しいカギは、次はお前だという宣告の可能性だって考えられる」

「でも、一番目の井上潔と、先生とは、全く立場が違うじゃありませんか。かつての銀行総崩れの時、井上潔は上手く立ち廻ったけど、先生は、いけにえにされたんですから」

由美の言葉に、松崎は、小さく笑って、

「それは、われわれ六人の間の問題で、あの当時、銀行預金者の中で、ひどい目にあった人から見れば、私も井上潔も、同じように憎むべき悪人なんだよ」

「この二番目のカギのこと、三宅警部に知らせますか」

「そうだな」

と、松崎は、あいまいな答え方をした。

「協力する必要なんかありませんよ。向うは、先生を、容疑者扱いなんですから」

「すぐに、知らせる気はないよ。それより、もう一杯、コーヒーをブラックで飲みたい」

と、松崎は、いった。

苦いコーヒーを飲みながら、松崎は、二つ並んだカギを、見つめた。

長さ五、六センチの鉄製のカギである。電子錠ではない。古めかしいカギである。

先端に、刻みが入っている。

(同じ刻みじゃないか)

二つのカギを、重ね合わせてみる。ぴったりと重なった。

「同じカギだよ」

と、松崎が、いった。

「何かのカギなら、同じで当り前なんじゃありませんか」

「ただ、犯人が、象徴的な意味で、カギを作ったとも考えられる。だとすると、犯人は、何かのシンボルとして、カギを使っているのか」

その時、松崎の頭に浮んだのは、かつての頭取室にあった金庫だった。

急死した父が、創業の時から使っていた金庫である。苦難時代のことを忘れないために、父は、わざと、古い大きな金庫を使っていた。アメリカ製で、複雑な数字合せを経て、最後は、古めかしいカギを差し込んで、開ける金庫だった。

大きさは違うが、何となく頭取室の金庫のカギに似ていると、松崎は思った。

第三章　逃げる者と追う者

1

三月初旬の多摩川の河原は、まだ寒い。

警視庁捜査一課の十津川《とつがわ》は、白い息を吐きながら死体を見下した。焼死体である。

昨夜の十一時頃、近くの住民が、河原で炎があがるのを目撃しているから、その頃、火がつけられたのだろう。

その後、早朝にかけて小雨があったから、それで火は消えたのかも知れない。

「死後硬直の進み方から見て、自分で火をつけた焼身自殺とは思えませんね」

と、検視官が、いった。

「つまり、犯人が、殺しておいて、火をつけたということか」

「そうです」

「そういえば、ガソリンの匂いが、残っているな」

と、十津川は、呟いた。

焼けただれた顔。そのため、男だとはわかるが、顔立ちはわからない。

（身元をかくすために、犯人は、火をつけたのか）

焼けた衣服が、死者の身体に貼りついてしまっている。

刑事たちが、わずかに焼け残った、上衣の内ポケットや、ズボンのポケットを調べたが、運転免許証や、カギのたぐいは、何一つ見つからなかった。

腕時計もしていない。焼けたとしても、腕に残っているだろうが、その痕跡もないのは、最初からしてないのか、それとも、犯人が、外してから、火をつけたのか。

スマホも見つからなかった。

唯一、身につけていたものは、左手の薬指の指輪だった。

いわゆる記念指輪である。

メジャーリーグのワールドシリーズで優勝したチームが、それを記念して、指輪を作り、選手全員に贈る。たまたま、その時、そのチームに所属した日本人選手が、帰国して、自慢気に指輪を見せているのを、十津川は、テレビで見たことがあった。それに似た記念指輪だろう。

それを外して、近くで見た。

金ではなく、プラチナで、台に当る部分には、プラチナ枠で囲まれた黒い宝石がはめ込まれている。その四角い部分に、菱形の模様が描かれ、その中央に、数字の「2」が彫られていた。

身元の証明に関係ありそうなものは、それだけだった。

被害者は、男で、身長は一七五センチ、中肉中背。

年齢は、五十代から七十代前半と幅が広い。

正確な死因究明と、死亡推定時刻を知るために、死体は、大学病院に運ばれ、司法解剖が行われた。

コロナさわぎで、司法解剖がスムーズに行われるか、十津川は心配したが、別に問題は起きなかった。

コロナの発生源の中国や、韓国、台湾などは、全土に警報を発したり、欧州では都市をロックダウンしていたが、日本政府は、そこまで厳しい措置はとっていなかった。

日本の厚労省が持ち込んだのは、「クラスター（感染者集団）」という用語と対策だった。コロナの感染者の集団が発生した時は、その集団だけで、押え込んでしまい、さらなるクラスターの発生を避ける対策だ。

そうすれば、日本全体は、通常通り動けるという政策である。

「それに――」

と、十津川に、小声で教えてくれた人もいた。

「一般の病院は、厚労省の管轄ですが、大学病院は、文科省です。日本は、有名なタテ割り社会だから、厚労省がコロナで手一杯でも、文科省管轄の大学病院は、関係ありませんよ」

その噂が、当っているかどうかはわからないが、司法解剖の結果は、遅れることもなく、十津川の手元に届けられた。

死亡推定時刻は、死体発見の前日の午後九時から十時。

後頭部に裂傷があるが、直接の死因は、ロープで首を絞められたことによる窒息死と、知らされた。

そのあと、犯人は、死体にガソリンをかけ、火をつけたと思われる。

東京都の調布警察署に、捜査本部が設けられたが、身元を突き止めるのが、難しかった。

第一、殺人現場が、多摩川の河原かどうかも、わからないのである。

もちろん、被害者は、近くの住人で、河原に呼び出されて殺された可能性もあるので、現場周辺の聞き込みを実施したが、該当者は見つからなかった。

そこで、唯一、身元を証明しそうな指輪を新聞に公表した。

反応は、すぐあった。

被害者に心当りがあるといって、男女が、捜査本部に現われたのである。

男は、六十代で、名前は、松崎公平。

女は、五十代で、名前は、坂元由美。

「札幌から来ました」

と、松崎が、いった。

「被害者を、ご存知だそうですね？」

「多分、入江香一郎だと思います」

「死体を見ないで、よくわかりますね」

「もちろん、確信はありませんが、私の知っている人間ではないかと思ったのは、新聞に出た指輪です」

「この指輪ですね」

と、十津川は、証拠品1の指輪を、取り出して、相手の前に置いた。

「ちょっと変った指輪なので、ひょっとすると、身元がわかるかと、期待していたので、今、ほっとしています。この菱形のマークは、何を表わしているんですか？」

と、十津川が、きいたのは、まだ、松崎公平と名乗る男を信用しきれなくて、試したのである。

松崎は、笑った。

「それは、菱形じゃなくて、北海道の形です」

「なるほど。そういえば、北海道ですね」

「実は、三十数年前、北海道は、空前のバブル景気でしてね。そんな北海道の経済界で、六人衆と呼ばれる若手の経済人がいたんです」

松崎は、秘書だという坂元由美に、バッグから、一枚の写真を取り出させて、十津川に見せた。

六人の男が、写っていた。

「それが、三十年前の六人衆で、私も、左から二番目で、三十代でした。全員が、若手の銀行の頭取や、道内出身の高級官僚でした。バブルの頃、北海道の経済界を引っ張る若手六人衆といわれていて、自信満々でした。その頃に、六人の結束のために、指輪を作ったんです。テレビ出演の時なんかに、ちらりと、その指輪を見せたりして自慢していたんですが、その直後に、バブルが、突然はじけましてね。銀行は、次々に潰れました。北海道の経済界を引っ張る若手六人衆といわれたのが、北海道の経済を潰した元兇《げんきょう》みたいにいわれましてね」

と、松崎は笑って続けた。

「自慢の指輪も、バブル崩壊後は、はめていたら嫌味をいわれますからね、たいていの者は捨てるか、プラチナだから、売ってしまったかしたと思います。私は、日本に居づらくなって、外国へ逃げました。二十年たって、日本が恋しくなって、帰って来たんですが、コロナさわぎにぶつかってしまいました」

「松崎さんは、自分の指輪は、どうされたんですか？」

「もちろん、何処かに放りなげて外国に逃げましたよ。そのまま、指輪のことなんか、すっかり忘れてました。今回、指輪のことが新聞に出たので、二十年ぶりに、思い出して、心当りを探したら、見つかりました」

松崎は、ポケットから、ハンカチに包んだ指輪を取り出した。

「二十年ぶりにはめようとしましたが、指が太くなって、とても、はまるものじゃありませんでした」

「松崎さんの指輪にも、番号が入っていますね。５番ですね」

「部外者にマネされては困るというので、六個しか作らず、全部に番号をつけたんです」

「なるほど。それで、２番なら、六人の中の誰かと、すぐわかったわけですね？」

「そうです」

「ちょっと待って下さいよ」

と、十津川は、松崎を見すえた。

「北海道の釧路でも、同じような事件が起きていましたね。身元のわからない死体が、釧路港の埠頭で発見されて、最近身元が割れたという。確か、あの事件で、身元について証言したのが、松崎さん、あなただったんじゃありませんか」

「その通りです。あの時、殺されたのは、六人の中の一人である、井上潔という男で、三十数年前は、北海道銀行協会の理事でした。彼の指輪のナンバーは、１でした」

「今回の被害者、入江香一郎さんは、三十年前の指輪を、今も、はめていたことになりますかね？」

「多分、好きではめていたわけじゃないと思います。今もいったように、作った時は、自慢でしたが、バブル崩壊のあとは、その印みたいになったから、捨てるか、売り飛ばしてしまったと思うんです。だから、入江香一郎は、外そうと思っていたが、きつくて、外せなかったんじゃありませんかね」

松崎が、いった。

それに対して、十津川は、

「ところが、それが、違うんですよ」

と、いった。

松崎は、「え？」という顔になって、

「何処が、違うんですか？」

「この犯人は、明らかに、殺した人間の身元を、隠そうとしています。われわれは、そう考えました。殺したあと、死体にガソリンをかけて火をつけて、顔を焼いているし、身分証明書、スマホ、カギなどが見つかりませんでしたから。ところが、特徴のあるこの指輪は、はめたままなのです」

「それは多分、きっちりと、はまっていて、犯人が抜こうとしても、抜けなかったんじゃありませんか」

と、松崎が、いった。

「だとします。ところが、今もいったように、犯人は、死体にガソリンをかけ、火をつけているのです。炎があがっていますから、二〇〇〇度近くにはなっている筈です。とすれば、指輪はプラチナですから、一部は、溶けていなければおかしいのに、全く、溶けていないのです」

「――」

「従って、こう考えざるをえないのです。犯人は、死体を焼いて、死体が、さめたあとで、指輪を、死体の指にはめたに違いないと」

「――」

「犯人は、死体の身元を隠そうと努力する一方で、身元がわかるような指輪を、わざわざ、死体にはめているんですよ。明らかに、矛盾しています。それを、どう考えたらいいのか」

十津川は、その答えを求めるように、松崎を見た。

2

「私の勝手な想像でも構いませんか」

と、松崎が、いった。

「もちろん。何でも、いって下さい」

十津川が、促す。

「この指輪ですが、確かに、特徴がありますが、わかっているのは、私を含めて六人だけです。他の人には、全くわからない指輪ですから、強いて想像すれば、犯人は、一般の人には、身元をわからせないようにしたが、私たち六人、いや二人は死んでいますから、四人には、逆に、身元をわかって貰いたいと考えているんじゃありませんかね」

と、松崎は、いうのだ。

「ということは、犯人は、あなたを含めた、四人の中にいるということですか？」

「かも知れないし、この六人衆の知り合いかも知れません」

「なるほど」

「一つ、わがままを、いっても構いませんか」

と、松崎が、いう。

「どうぞ」

「殺された入江香一郎の三十年前は、知っていますが、ここ最近、何をしていたのかわからないのです。ぜひ、それを知りたいので、わかったら教えてくれませんか」

「知りたいのですか？」

「何といっても、三十年前は、一緒に議論をしたり、北海道の将来について、あれこれ話し合っていた仲ですから」

と、いう。

「わかりました。当然、これから、被害者の身元を調べ、その関係者を洗うわけですから。それに、松崎さんは、われわれ警察の協力者ですから、何かわかれば、お知らせしますよ」

と、十津川は、約束した。

入江香一郎が、何をやっている人間かについては、意外に簡単に、答えが出た。

入江はある会社の社長をやっていて、その会社が、一部上場の、かなり有名な会社だったからである。

「北和《ほくわ》海運株式会社」

以前は、札幌の西北、小樽にあった会社である。

小樽出身の代議士・今村猛《いまむらたけし》とのコネで、北和海運の社長におさまったのが、今から十五年前である。

その頃は、社員六百名、中級のフェリー数隻を持つ中堅の会社だった。

それが、今村猛が、財務大臣、官房長官、副総理と、地位が高くなるにつれて、それと連動するように、北和海運も、大きくなっていった。

他のフェリー会社が破産すると、今村が、その会社と、北和海運との間を取り持つ形で、破産会社所有のフェリーが、安く、北和海運の手に渡るように、動いた。

おかげで、北和海運は、徐々に、大きくなり、北海道から東京に移ってきた。

現在の北和海運は、大手の中の一社になっていた。

以前、大手の海運会社の一つが、潰れた時、持っている船や、東京周辺の港の建物や、権利などを狙って、大手の会社が争った。

その時、中堅の北和海運の入江社長も、利権争いに参加した。

北和海運には、初めから、不利な戦いだったが、見事に、勝利した。

その後、副総理だった今村が、総理の突然の死亡という好運で、総理になると、今村の力で、二千坪の国有地を安く購入した北和海運は、そこに、工場を建て、造船にも、手を広げていった。

十津川は、亀井《かめい》刑事を連れて、北和海運本社を、訪れ、副社長の渡辺《わたなべ》に会って、話を聞いた。

十津川が、不思議だったのは、社長の入江が、何日か行方不明になったのに、会社として探すことがなかった点だった。

　渡辺副社長が、答える。

「実は、社長の入江から、一週間ほど、軽井沢の別荘に閉じ籠って、会社の将来について、考えたい。それに内密に会う人間もいるので、電話も掛けないでくれと、いわれていたんです。それで、社長に、一週間、連絡もしなかったのです」

　と、渡辺は、いった。

「そんなことを、入江社長は、何回もやる人ですか？」

「うちの社長は、ワンマン的なところがあって、重役も意見を挟めませんからね。自分で自分を問いただすようなことをなさるんです。たいてい、場所は、軽井沢の別荘で、そのあと、会社の方針を決めたりされるので、今回も、同じだろうと、会社の者は、誰も、心配しておりませんでした」

　と、渡辺は、いう。

「入江さんは、どんな社長ですか？」

「頭の切れる社長ですよ。それに、日本はコネ社会だから、政治家と繋がりを作らなければ、大きくなれないからといって、政治家主催のパーティには、努めて出席し、コネを作っていましたね。私なんかは、コネより実力と思って、社長の行動を見ていたんですが、実力だけでは、会社を大きくは出来ない現実にぶつかって、社長を見直すようになっていました」

と、渡辺は、いった。

十津川は、入江の家族にも話を聞いた。

入江は、三十六階建てのマンションの三十階に、妻の美津子《みつこ》と、二人で住んでいた。

すでに、夫の入江香一郎が、何者かに殺されたということは、伝えられている。

美津子は、やつれた表情で、

「主人は、会社でもワンマンだといわれますが、うちでも、ワンマンでした」

と、いった。

十津川は、松崎公平が見せた写真に写っていた、六人の名前を記した紙を、入江美津子に見せて、

「この中に、あなたが知っている名前はありますか？」

と、きいた。

「主人以外は初めて聞くお名前です。それで、この方々は、どんな方なんですか？」

と、美津子の方が、聞いてきた。

「あるグループの人たちです。大きくいえば、経済関係のグループです。ひょっとす

ると、ご主人の死に関係があるかも知れません。ご主人が北海道におられた頃の知人、友人かも知れませんが、ご存知ありませんか？」

「申しわけありませんけど」

「ご主人を殺した犯人は、絶対に、逮捕しますが、何か心当りは、ありませんか？」

と、十津川は、お定まりの質問をした。

お決りの答えが返ってくる。

「全くございません。主人は、仕事の話は、あまりしませんでした」

「北海道の釧路で、井上潔という男性が殺されたんですが、ご主人は、この事件のことを、何か、おっしゃっていませんでしたか？」

「いえ、別に」

と、いってから、美津子は、

「私は、主人が最初の奥さんを亡くしてから、二年後に再婚したもので、主人が、昔つきあっていた方々のことは、殆ど知りませんの」

と、いった。

最後に、自宅の書斎を見せて貰うことにした。

北和海運の本社では、社長室を見せて貰った。

前総理今村の写真や、色紙があって、政治家とのつながりの深さはわかったが、事件の参考になるようなものは、見当らなかったのだ。

こちらの書斎は、かなり広い。

しかし、十津川が注目したのは、額に入った写真だった。

松崎公平が見せてくれた写真である。

それを、大きく引き伸ばしたものだった。

十津川が、その写真に注目したのは、六人の筈が、五人しか、写っていなかったからである。

松崎公平が、消されてしまっているのだ。

線を引いて、消したのではない。松崎公平が写っているはずの場所に、松崎公平の姿がないのである。

多分、画像を加工して、消してしまったのだろう。あとの五人が立っている位置は、松崎が見せてくれた写真と同じだったし、いずれも、若々しい顔だから、元は、同じ写真なのだ。

その六人が並ぶ写真から、松崎公平だけを、きれいに消してしまっているのである。

十津川は、スマホを使って、その写真を撮った。

机の上には、ノートパソコンがあった。が、最近購入したものか、参考となるような写真やメールは見当らなかった。

スマホは、見つからなかった。運転免許証や財布もである。恐らく、入江香一郎本人が、身につけていて、犯人が、持ち去ったのだろう。

机の引出しには、何百枚もの名刺が入っていた。社長室にも、同じくらいの名刺があったのを思い出した。

最後に、眼に留ったのは、部厚いアルバム三冊である。

ほとんどが、有名な政治家や、官僚と一緒の写真で、ゴルフ場や、何かのパーティに出席した時の写真である。

書斎には、ゴルフのフルセットが、三つもあったから、多分、入江にとって、ゴルフ場やパーティは、政治家や、官僚と親しくなるための場所なのだろう。

「そのアルバムを見ると、入江香一郎は、年がら年中、政治家に会うために、ゴルフに行っていたみたいですね」

と、いって、亀井が、笑った。

「しかし、それで、会社が大きくなったんじゃないかね」

と、十津川は、いった。

3

十津川が、入江香一郎について調べたことを知らせると、松崎が、すぐ、坂元由美を連れて捜査本部にやってきた。

北和海運の社長として、上手くやっていたらしいと話すと、

「そうでしょうね。六人の中でも、年長で、政治力が、あったから」

と、松崎は、いう。

「例の指輪ですが、身近にいた社員や、奥さんも、知らないといっています。はめているのを見ていないんです。やはり、問題の指輪は、犯人が何処からか見つけてきて、殺したあと、無理に死体の指にはめたと考えて、いいと思いますね」

十津川は、犯人が、何処から見つけてきたのか、調べるつもりだといったあと、スマホで写してきた、例の写真を、松崎に見せた。

「入江香一郎は、同じ写真を引き伸ばして額に入れていましたが、あなたの姿は、消してしまっているんです。感想を聞かせて下さい」

「――」

少しの間、松崎は、黙って、写真を見ていた。

そのあと、

「私は、二十年間、外国暮しで、みんなに連絡しませんでしたからね。死んでしまったと思っていたのかも知れませんね」

と、いった。

十津川は、そんな松崎の顔を、じっと見ていた。

一見、平気な表情に見えるが、声が、少し高ぶっているように聞こえた。三十年前、六人衆と呼ばれていた仲間である。

自分たちの団結の証《あかし》として、番号入りの指輪を作っていた。三十年後、その仲間の一人が、写真から自分を消してしまっていた。心中おだやかではいられないのも無理はない。

十津川は、この段階でも、眼の前の松崎公平を、容疑者の一人と思っていた。

それを、打ち消すつもりか、松崎は持ってきた二つのカギを、十津川に、見せた。

「この1の方は、釧路で殺された井上潔の死体と一緒にあったもののレプリカで、2の方は、釧路の市場で、いつの間にか、私のコートのポケットに入っていたものです」

「どちらも、犯人が、やったと思っておられるんですか？」

十津川が、きいた。

「他に考えようがありません」

「そうなると、どうしても、最初の疑問に、戻ってしまいますね。犯人は、一方で、死体の身元を隠すようにしながら、一方で、身元を知らせようとしている。もっと、仔細《しさい》にいえば、一般人からは、身元を隠しながら、写真の四人には、それとなく、知らせようとしている。そうですね？」

「私も、そう思います」

「すると、この写真の中に、犯人がいるということになってきますね？」

十津川は、また、松崎を、じっと見た。

「確かに、そうですが」

と、松崎が、いった。

「私たち六人を恨んでいる人間かも知れません」

「恨まれているんですか？」

「昨日もお話ししたように、三十年前、私たち六人は、北海道の経済界を引っ張る先導者と、讃美されていたんですが、バブルが弾けたとたん、その元兇みたいに、罵倒《ばとう》されましたからね。バブルの崩壊で、自殺者も出ているから、私たち六人が、恨まれても仕方がないんですが」

「バブル崩壊のあと、脅迫の手紙や、電話が来たことがありますか？」

「いや、私は、その後、外国に逃げ出しましたから」

と、松崎は、いった。

十津川は、秘書の坂元由美に、眼を向けて、

「その点、どうだったんですか？」

「先生が、外国に行ったあと、しばらく、無言電話や、脅迫状が届いていました」

と、由美が、いった。

「もし、写真以外の人間が、六人を恨んでいて、一人目、二人目と、殺人を重ねているのだとすると、三人目の殺人も、考えられますね」

と、十津川が、いった。

「私も、それを考えています。それで、あとの三人が、今、何処で何をしているのか、知りたいんです。西尾正明、立木敏、浅野昌夫の三人です。入江香一郎のことを調べていて、三人のことが、何かわかりましたか？」

と、松崎が、きいてくる。

「われわれも、入江香一郎のことを調べていれば、今、松崎さんがいった三人につい

ても、何かわかるのではないかと、期待したんですが、見つかったのは、古い五人の写真だけでした」

「それでは、三人については、何もわからずですか」

「残念ながら、何処で、何をされているのか、全くわかりません。これから、調査するつもりですが、入江香一郎を調べても、かつての仲間の三人の消息がつかめないことが、不思議な気がしています」

「全くつき合いが無いということですかね」

「或いは、無いようにしていたのか」

と、十津川は、いった。

そのあと、十津川は、

「松崎さんが知っている入江香一郎について、話してくれませんか」

「三十年も前のことになりますよ」

「構いません」

「六人衆と呼ばれていた頃の入江香一郎は、北海道の銀行の若い頭取で、北海道銀行協会の理事をやってました」

「海運業界との関係は？」

「わかりませんが、あるとすれば、彼の銀行が、海運会社に、融資していたことぐらいでしょうね」

「上手くやれば、海運会社を手に入れられますか」

「過剰融資を行ったあげく、返済不能となった会社を銀行が押えることは可能でしょうが、政治家の助けが、要ります。何しろ、海運も、鉄道、電気などと同じ、国の基幹産業だから」

と、松崎が、いう。

「それで、上手くやって、北和海運の社長になったのかな」

「バブル崩壊のあとだから、よほど上手く立ち廻ったと思いますよ」

「あなたは、その時、どうしたんですか？　あなたも、銀行の頭取だったわけでしょう」

「頭取の座を追われて、外国へ逃げました。二十年間も。そんな私に比べれば、入江香一郎は立派なものだと思いますよ。自分の銀行は手放しても、北和海運の社長に納ったんだから」

と、松崎は、いう。

「二十年前の北和海運は、どんな会社だったんですか？」

「中級のフェリーを、四、五隻だけもつ中堅の会社でしたよ。ただ、地元の今村代議士との関係もあって、入江の銀行が、過剰融資をしたんだと思いますね」

「そういえば、入江香一郎の自宅の書斎には、今村代議士——財務大臣——官房長官——副総理——総理の五枚の写真と、五枚の色紙が、ずらりと並べて、かかげられていましたね。多分、その昇格に合せて、北和海運も、大きくなっていったんじゃありませんかね」

十津川が、いった。

「日本は、コネの社会ですから」

と、松崎が、いった。

「コネですか?」

「二十年間、外から日本を見ていて、考えました。日本は、どういう仕組みの国か、どう動けば、出世して、金が貯まるのかと」

松崎が、いう。真面目な顔である。十津川も、真面目に、

「それで、どんな答えが出たんですか?」

と、きいた。

「中国と朝鮮では、昔から、科挙《かきょ》という官吏の任用試験の制度があって、それに合格

しないと、地方に追いやられた。唐の有名な詩人でも、科挙の成績が悪かったので、都には帰れず、地方で、悶々《もんもん》とした生活を送ったといわれる。昔の日本には、幸か不幸か科挙の制度は入って来ませんでしたが、では、どうやって官吏を採用していたのか。それを考えました。いろいろ勉強した結論が、コネです」

「コネというと、具体的に、どうコネが役立ったんですか？」

「典型的なのは、江戸時代ですね。当時、旗本八万騎といわれていて、その中から、さまざまな役職に登用されるわけですが、別に科挙のような試験があったわけではありません。徳川幕府を動かす老中や目付が、旗本の某《なにがし》の長男が優秀だとか、三男は計算が早いとか、或いは、コネのある家の息子とかを引っ張って役職につけていたわけです。そんな噂もなく、コネもない侍は、一生、うだつの上らない部屋住みで終るわけです」

「しかし、明治に入ると、日本も近代化に突き進み、官立大学が、生れ、軍隊にも、陸士や海兵、或いはその上の大学校が生れて、実力主義の時代になったんじゃありませんか」

「形としては、政府も、日本を近代国家にしようと考えましたからね。従って、形は近代国家のようになりましたが、内実は、コネ社会です。例えば、官吏といえば、殆ど東京帝国大学、それも法科卒業です。実力主義なら、官吏に、東京帝国大学出身が多いのは、おかしいでしょう。軍人の世界でも同じです。確かに陸軍も海軍も、学校を出なければならない。しかし、明治、大正、昭和の三代で、陸軍大臣は、長州出身が、海軍も、薩摩出身が多い。コネが生きている証拠でしょう」

「では、戦後は、どうですか。役人、公務員になるためには、公務員試験に合格しなければならない。私も、この試験を受けています。東大出身だからといって、無条件に、役人になれるわけじゃない。また、同じ仕事に対しては、同じ給料を払う、これも、実力主義の証拠だと、思うんですが」

十津川が、論争を挑むような態度になったのは、松崎が、なぜ、日本が実力主義の社会ではなく、コネ社会だと、そんなことに拘わるのか、不思議だったからである。

ひょっとすると、今回の殺人事件には、今、松崎が拘わっていることが関係しているのではないか。

そう十津川が考える理由には、松崎が容疑者の一人だという疑惑が、いぜんとしてあったからに、他ならない。

松崎が負けずに、いい返してくる。

「公務員制度とか、国家公務員試験は、昭和二十三年、まだアメリカ軍が、日本を占領していた時代に、アメリカが、持ち込んだものです。そこで、官吏という名称に代って、公務員という名前を持ち込みましたが、あれは、アメリカが持ち込んだ、パブリックサーバントの翻訳ですよ。その時同時に、アメリカが持ち込んだのが、同一労働同一賃金の思想です。例えば、省庁の人事課長に、男がつこうが女がつこうが、大学出身でも、高校出身でも、同じ給料を払うという考えですが、これも、イコールペイ・フォー・イコールワークという英語の翻訳です」

「それと、コネと、どう関係するんですか？」

「昭和二十三年に、アメリカの公務員制度を取り入れてから、七十二年になりますが、いぜんとして、日本人の間に、なじんでいない。どころか、コネ社会に戻ろうとする気配があります。特に最近の政府は、明らかに、コネで政治をしています。総理も自分にコネのある、自分の友人に対して、平気で便宜を図っています。ところが、それに対して、国民の五〇パーセント近くが、非難しない。ということは、日本国民の半分くらいは、実力主義の世の中よりも、コネ社会の方が、暮しやすいと思っているということです」

「もう少し具体的に話してくれませんか」

「もし、あなたが、自宅前の道路を、直して貰いたい時、役所の窓口に日参しても、予算がないとか、人手がないといって、なかなか直して貰えないでしょう。そんな時は、政治家かその秘書と仲良くなれば、あっという間に、自宅前の道路は、きれいに舗装されるということです」

「殺された入江香一郎が、コネを上手く使ったということですか？」

「そこまではいっていません」

と、いったあと、松崎は、急に笑顔になって、

「いろいろと、お世話になりました」

と、いう。

「これから、どうするんですか？」

十津川が、きいた。

「一応、札幌に帰ろうと思います。そのあと、三十年来の友人だった残りの三人を探します。心配ですから」

「その三人も、犯人に狙われていると思いますか？」

「その恐れがあると思うので、一刻も早く、彼等に会いたいです。連続殺人かも知れませんから」

と、松崎は、いった。

「もし、これが、連続殺人だとすれば、松崎さんも、狙われる恐れがある。しかも、六人中、五番目の可能性があるので、札幌へ帰られたあとも、われわれへの連絡を絶やさないようにして下さい」

十津川は、最後に、いった。松崎は、同時に、犯人の疑いもあることは、口にしなかった。多分、松崎の方も、自分が疑われていることには、気付いているだろうと、十津川は、思っている。

松崎と、坂元由美を、送り出すのを、待っていたように、十津川は、三上《みかみ》刑事部長に呼ばれた。

刑事部長室に入ると、三上は、自分でドアを閉めたあと、若い刑事に、

「しばらく、この部屋に、誰も入れるな」

と、命じた。

刑事部長室に、十津川と二人だけになると、

「これから、私がいうことは、しばらく、内密にして貰いたい」

と、いった。

三上刑事部長は、小心だといわれているが、それにしても、表情が、尋常ではなかった。

極端に、緊張している。

「それは、私に関係のあることですか？」

と、十津川は、きいた。

「もちろんだ。だから君を呼んだんだ」

「わかりました。話して下さい」

「死体の指にはめられた指輪がある。今、君が持っている筈だ」

「松崎公平から、指輪の由来を聞きましたので、あとで、その報告書を作って、提出するつもりです。捜査の参考になると思いますので」

十津川のその説明に対して、

「そんなことは、どうでもいい」

と、三上が、いう。

十津川は、驚いて、三上を見直した。

三上は、細かいことに神経質なので、指輪の由来がわかったところで、報告書を作ろうと思ったのだ。

「あの指輪を君に渡す前に、念のために、科捜研に調べて貰った」

「――」

三上が何を思っているのかわからないので、十津川は、黙って、聞くよりない。

「その結果、指輪の裏側に、唾液、つまりツバが見つかった」

「その理由ははっきりしています。犯人は、死体の指に、あの指輪をはめようとしたが、何しろ三十年前に作ったものなので、サイズが合わなくなっていてなかなかはまらない。そこで、ツバをつけて、滑り易いようにして――」

「そんなことをいってるんじゃない！」

と、三上が、怒鳴った。

今度は、声がふるえている。

「いいか。よく聞くんだ。念のために、その唾液を、大学病院で調べて貰ったら、出たんだよ。コロナウイルスが。しかも、多量にだ。死体も調べたが、こちらは、陰性だった。つまり、犯人は、コロナウイルスの感染者ということだ。しかも、顔もわからない、何処へ逃げたのかもわかっていない。どうしたらいい」

「わかりません。一刻も早く逮捕して、入院させるべきですが、名前も、顔もわからないので、すぐに逮捕は、難しいと思います」

と、十津川は、いった。

「私は、総監に相談した。警察庁の部長にも来て貰って、五時間近く話し合ったが、結論は出なかった。新聞で、犯人に呼びかけ、コロナの感染者だと知らせたらどうかということも一つの方法として出たのだが、恐らく上手くいかないだろうとして、退けられた」

「私も、そう思います。犯人は、男を一人殺すだけの力を持っていますから、健康な人と同じように動き廻っている筈です。新聞で、呼びかけても、欺して自首させようという警察の狙いだと思うでしょうから」

「その通りだ。呼びかけに、犯人が応じて自首する可能性が小さい上に、新聞にのせれば、コロナの感染者が、日本中を動き廻っていることを知らせることになって、パニックの心配もある」

「それで、今後の捜査方針は、決ったんですか?」

「今日の捜査会議で、話しあったが、決ったのは、しばらく内密にするということだけだ」

と、三上刑事部長は、いったあと、

「今、あの指輪は、君たちが、持っているんだな」

「捜査の参考になりますから」

「触ったのは、君と誰だ？」

「すぐ、二人とも、大学病院、いや警察病院の方が、秘密を守りやすいから、そちらに行って、ＰＣＲ検査を受けて来い。向うには、電話しておく」

「亀井刑事ですが」

「私たちは、大丈夫です。手袋をしていましたから」

「駄目だ。医者の話では、コロナウイルスは、鉄などの表面に附着した場合は、三日も生きているほど強力で、どこから感染するか分からない。すぐ、調べて貰ってこい。陰性だったら、引き続いて、捜査を担当して貰うが、陽性なら、直ちに交代して貰う」

三上の様子は、最後まで、ぴりぴりしていた。

十津川は、すぐ、亀井を伴って、警察病院に向った。

パトカーを飛ばしたのだが、街の様子が、変ったようには、見えなかった。

クラスターは、今のところ、北海道の一ヶ所で発生しただけで、本州には、見つかっていない。

「感染者の犯人から、クラスターになる可能性もありますね」

と、亀井が、いった。

（沖縄のように、北海道から遠く離れた場所では、クラスターはまだ発生していないが、感染した犯人が、逃げこんだら、たちまち、島内が感染者であふれてしまう。そ

れを防ぐためにも、犯人の一刻も早い、逮捕が必要になる)

十津川は、考え込んでいた。

コロナさわぎは、まだ遠い話の感じだったのだが、三上刑事部長の言葉で、突然、身近な存在になった。

しかし、コロナについて、十津川は、何もわからないのだ。

警察病院では、医者や、看護師が、二人を待ち構えていた。

驚いたのは、そのものものしい恰好だった。

全身を蔽《おお》う防護服。靴にまで、カバーをかけている。マスクは当然だが、顔を完全に蔽う、フェイスシールドをかぶっていた。

「完全武装ですね」

と、十津川が苦笑すると、医者は、ニコリともせず、

「検体を採取中に、あなたがクシャミをしたら、飛沫を、モロに浴びてしまいますからね。あなたが陽性だったら、たちまち、この私も、病院中も、感染してしまいます」

と、いった。

鼻に、綿棒を差し込まれたが、幸い、クシャミは出なかった。

結果が出るまでに、五時間かかるというので、医者から、コロナについて、話を聞

くことができた。

「正直にいいますとね」

　と、医者が、いった。

「新型コロナの知識については、偉い先生でも、医学生と同じなんです。ただ、インフルエンザの流行なんかの経験があるので、それに照し合せて喋っているだけです」

「発症すると、どんな症状が出るんですか？」

「今のところわかっているのは、高熱で咳込むぐらいのことですかね。味覚、嗅覚が失くなるともいわれていますが、これは現状では確かではありません」

「感染者ひとりを、見つけるには、どうしたらいいですか？」

　と、十津川が、きいた。

「その人物は、発症しているんですか？」

「多分、していないと思います」

「それで、何人の中から、見つけるんですか？」

「一億三千万人」

「いちおく？　ああ、冗談ですね。あまり笑えませんね。今は」

「いや、冗談でなく、われわれは、ひとりの人間を、一億三千万人の中から見つけ出さなければならないのです。どうしたらいいですかね?」

十津川が、再度、質問すると、医者は、

「うーん」

と、唸ってから、

「いっそ、動かずに、そのひとりが発症するのを待った方が早いと思いますよ」

と、いった。

十津川と、亀井は、陰性の結果が出た。

捜査本部に戻り、その報告を、三上刑事部長にする。

だが、これから、どう捜査を進めたらいいのかが、わからない。

医者がいうように、犯人が発症するのを待つわけにもいかなかった。

犯人が、感染者とわかった今、彼が、他人にコロナをうつす前に逮捕する責任まで、背負わされてしまったのだ。

どうしたらいいのか。

十津川は、四人の名前を、ホワイトボードに書き並べた。

西尾正明

立木敏

浅野昌夫
松崎公平
松崎の話を信じれば、この四人に、すでに殺された二人、井上潔、入江香一郎を加えた六人が、三十年前、バブル時代の北海道で、経済界の若手六人衆と呼ばれていた。過剰融資もしていたらしい。バブルがはじけると、銀行や会社の倒産が続いた。

その中の一人が、自分が破産したのは、他の五人の責任だとして、復讐の連続殺人を始めたことも考えられる。

一人目井上潔、二人目入江香一郎を、すでに殺している。

残るのは、四人。その中の一人、松崎公平は、5番で、それを信じれば、次に殺されるのは、あとの三人の中の誰かということになる。

十津川は、三人が今、何をしているかを調べた。

三人は、かつて、大蔵省（現財務省）、通産省（経産省）にいたことが、わかっている。

三人とも、エリート官僚だったのである。

そこで、十津川は、現在の二省に行って、調べてみた。

三人とも、名前は、あった。すでに北大に移っていた西尾以外の二人もバブル崩壊のあと、二年以内に、退職しているのである。

OB会というのがあって、各年の年末に開き、消息を確認し、OBの名簿が作られていた。

名簿には、それぞれの現住所と現在の職が、記されている。

ところが、三人の名前のところには、揃って、

「連絡なし。もし、消息ご存知の方は、OB会事務所まで、お知らせ下さい」

と、書かれていた。

第四章　京都のコロナ専門病院

1

捜査本部の壁には、日本地図が貼り出されている。
ただの地図ではない。三月十五日現在のクラスター（感染者集団）マップである。
クラスターが発生した所には、赤丸がついている。
十津川は、北から南へ、地図を見ていった。

北海道（二ヶ所）
ライブバー、展示会・夕食会
新潟県（一ヶ所）

卓球スクール
千葉県（二ヶ所）
スポーツジム、福祉施設
東京都（一ヶ所）
屋形船
神奈川県（一ヶ所）
福祉施設
愛知県（二ヶ所）
スポーツジム、福祉施設
大阪府（一ヶ所）
ライブハウス
兵庫県（三ヶ所）
医療機関、福祉施設
和歌山県（一ヶ所）
医療機関
大分県（一ヶ所）

飲食店
感染者がゼロの県もあるが、一見、感染者は、日本全国に広がっているように見える。

「犯人は、何処へ逃げたんですかね」

亀井が、十津川の傍から、地図に眼をやった。

「逃げたかどうかは、わからんよ」

と、十津川が答える。

「三人目を殺しに行ったのかも知れないからね」

「その可能性はありますか？」

「犯人は、北海道の釧路で一人殺し、東京で二人目を殺したということも考えられる。先日会った松崎公平が話してくれた六人衆の中の二人が殺された形だからね」

十津川は、いい、その六人衆の名前が書かれた紙を、日本地図の横に貼り出した。

六人の中《うち》、二人が殺されて残りは四人。

「この四人の中で、松崎公平は、札幌に帰って、居所が、わかっている。あとの三人の住所を至急、知りたいね」

と、十津川が、いった。

「犯人が、残りの四人を、狙っているとしての話だがね」

「それにしても、四人の人間ですが、松崎公平を除いて、何故、今、何処にいて、何をしているか、わからないんですかね。三十数年前とはいえ、皆さん、立派な職についていたじゃありませんか」

「そのことで、二時間ばかり、北海道警の三宅警部と、電話で話し合ったんだ」

と、十津川は、いった。

「釧路の事件を担当されている方ですね」

「三十数年前のバブルの頃、この六人は、北海道の経済界で、六人衆と呼ばれて、重きをなしていたが、バブルが、弾けると今度は、バブル崩壊の責任者のようにいわれたことは、三宅警部も、よく知っていたよ」

「世間は、誰かを悪者にしたがるんですね」

「だがね。六人の中の松崎公平を除く五人は、上手く立ち廻って、逃げおおせた。ただ一人、松崎公平だけは、全責任を負わされて、一年半、刑務所に放り込まれた。経済問題で、銀行の頭取が、刑事責任を取らされたのは、初めてだそうだ。彼はそのことを隠しているがね」

「他の五人に、はめられたということですか」

「三宅警部の話では、そんな噂が、道内では拡がったそうだ」

「ちょっと待って下さいよ」

と、亀井が、さえぎった。

「松崎本人だって、そんな噂は耳に入っているわけでしょう。それに、六人衆の中で、自分一人が刑務所入りなら、当然他の五人に、はめられたと疑いますよね」

「実際に、松崎は、出所後、自分が、はめられたと考えたらしい」

「じゃあ、松崎が犯人の可能性も強いわけですよね」

亀井は、続けていった。

「それで、他の五人は、殺された二人を含めて、松崎公平の復讐を恐れて、住所や、仕事を、隠しているのかも知れませんね」

「カメさん、われわれも、松崎公平が、犯人じゃないかと、考えたことがあったじゃないか。だが、証拠はない。もちろん、松崎がシロの可能性だってある。両面で考えないと、真犯人を逃がすことになってしまうからね。だから、他の三人の居所を突き止めたいんだ。道警の三宅警部も同意見だったので、それに全力をつくすことで、意見が一致した」

と、十津川は、いった。

2

松崎公平について、他にも、三宅警部から教えられたことがあった。

一つは、出所後、二十年間、松崎が姿を消していて、本人は、日本に嫌気がさして、海外にいたと言っているが、それが、嘘だというのである。

「松崎の出入国記録を調べてみたんですが、ここ二十年間、一度も出国していません」

と、三宅は、いうのだ。

「二十年間、一度もですか？」

十津川が、驚いて、念を押したのは、二十数年前に、仲間たちに裏切られて、自分ひとりだけが、刑務所送りになったとすれば、日本に嫌気がさして、外国に移り住んでしまう気持ちもわかる気がして、二十年間、外国に行っていたという、松崎の言葉を信用したからである。

「いくら調べても、松崎公平には、二十年間、出入国の記録はありません」

と、三宅は、くり返した。

「それでは、二十年間、松崎公平は、何処にいたんですか」

「住所は、ずっと、札幌市内のマンションになっています」

「二十年間もですか」

「そうです。何者かが、その経費を払い続けたために、二十年前も、現在も、松崎公平の住所は、そのマンションになっています」

「松崎公平の仲間というのか、彼が頼りにしている人間は、いるんですか？」

「女性秘書の坂元由美は、ずっと、彼の近くにいます」

「彼女なら、松崎と一緒に東京にも来ていますから、会っています」

と、十津川は、いった。

「もう一人、平川修というこれも秘書がいます。坂元由美と同じく、松崎公平が頭取だった時代から、秘書をやっていました」

「その平川修は？」

「行方不明です」

「連絡が取れないのですか？」

「そうです。今回の事件が起きるまで、松崎公平も、秘書も、全くマークしていませんでしたから、今、やっと松崎公平と、五人の仲間と、二人の秘書のことを、調べている段階です」

「松崎公平は、今、何を考えていると思いますか？　連続殺人の犯人ではないといいんですが」

と、十津川は、きいた。

「二十数年前の名誉の回復じゃないですかね。犯人なら、あと三人の行方を探しているでしょうが」

「他に、三宅さんが、気になっていることがありますか？」

「強いてあげれば、札幌にあった『二十一世紀研究所』という会社ですかね」

と、三宅は、いう。

十津川は、初めて聞く名前だった。

「松崎公平と何か関係のある会社ですか？」

「バブル以前、日本で設立された、民間の研究会社です。当時は、なかなか、上手くいっていました。バブル後、状況が悪化しましたが、地元の銀行の頭取だった松崎公平が、その会社に融資を決めたので、何とか潰れなかった。結局、『二十一世紀研究所』は、破産しかけたのですが、アメリカの企業が買収しました。実質的にアメリカ企業による吸収です。そして、アメリカの技術者が、日本支社の責任者になっています」

「しかし、もう、日本の会社じゃないんでしょう」

「そうですね。現在は、純粋なアメリカの企業の日本支社です。その限りにおいては、松崎公平とは、もう関係はなくなりました。ただ、まだ日本の会社だった頃、アメリカのNASAから移ってきた、宇宙計画の専門家が、A・ヘンリーという名前でしてね。彼は松崎公平が、銀行の頭取として、民間研究所に融資し、研究を支えてくれたことに感謝していましてね。頭取でなくなった松崎公平と、今も、親しくつき合っているらしいのです」

「そのA・ヘンリーが、今回の殺人事件に関係しているんですか？」

「いや、関係はないと思います。彼が働くアメリカの企業の現在の関心は、ひたすら、民間の宇宙計画のようです。ただ、松崎公平のいわば盟友ですから、彼を助けることは、十分考えられます。それだけです」

と、三宅は、いった。

この電話のあと、三宅警部から、松崎公平の秘書、平川修と、親友のアメリカ人、A・ヘンリーの写真が届いた。

そして、平川修の写真には、次の添書きがあった。

「平川修は、二年前の三月十六日から行方が、わからなくなっているが、その翌日の三月十七日に、釧路港で、井上潔の死体が発見されている」

この添書きを読めば十津川の頭の中で、ますます、松崎公平の容疑が濃くなってくる。自ら手を下さずとも、信頼する秘書の平川修に、井上潔を探させて、殺す。二人目の入江香一郎も、そんな形で殺したのではないかという推理も成り立つのだ。

それでも、十津川は、捜査会議で、松崎公平のことは、道警に委《まか》せるつもりだと、いった。

「今のところ、松崎公平も、秘書の坂元由美も、札幌から動く様子はありません。それに、犯人が、別にいる可能性もあるので、私としては、そちらの方を追いたいと思っています」

「記者会見では、容疑者が感染していることは、君の意見を入れて発表しなかったが、あれで良かったのかね？」

と、三上刑事部長が、きく。その顔色から見て、完全に納得しての記者会見ではなかったことが窺《うかが》える。

十津川は、一応、

「記者会見では、ご無理をお願いしました」

と、謝ってから、

「私としては、犯人は、殺人を犯しているので、感染を発表しても、名乗って出るとは考えられないのです。今回のように、感染を発表しなければ、症状が出れば、病院か保健所に駆け込むのではないか。それを、期待して刑事部長にお願いしたのですが、今のところ、それらしい情報は入って来ておりません」

「それで、これから、どう捜査を進めていくつもりなのかね？　北海道は、道警に頼むつもりだと思うが、本州、四国、九州と広いぞ」

三上が、きく。

「正直申し上げて、何が最適の捜査方法かわかっておりません。現在、容疑者について判明していることは、男性、唾液から血液型はB、そのくらいしかわかっておりませんが、こんな人物は、沢山存在するので、全く、わからないのと同じです。従って、やみくもに探し廻っても、容疑者が見つかるとも思えません」

十津川は、正直にいった。

「それでは何も出来ないというのと、同じだろう」

「そこで、私としては、待つことにしたいと思っているのです」

と、十津川は、いった。

「何を待つのかね。手をこまねいていたら、三人目の犠牲者が出てしまうぞ。記者さんたちに知れたら、何を書かれるか、わからんぞ」

「それです」

と、十津川が応じると、三上は、眉をひそめて、

「何もせずに、何を待っているつもりなんだ?」

「今回の事件の底には、例の六人衆問題があると思うのです」

十津川は、六人の名前を記した紙を、捜査会議でも持ち出した。

「この中の二人がすでに殺されました。それに殺害後の状況が、似ています。わざわざ、1番と記したキーを死体の背広の内ポケットに入れておいたり、身元を証明するような、数字の2が刻まれた指輪を残しているのです。関係のある殺人であることは、間違いありません。となれば、連続殺人で、次に狙われるのは、残りの四人の一人ではないかということも考えられるのです。その一人、松崎公平は、札幌にいることがわかっているので、道警に委せ、あとの三人の居所がわかるのを、待っていることにしました。わかり次第、会いに行き、最近の話を聞けば、容疑者に近づけるのではないかと考えています」

「しかし、三人については、今、何処にいて、何をしているのか、わからんのだろ

う?」

「残念ながら、わかりません」

「ということは、君の考え方では、全く身動きが取れんということだろう。そんな無策では、マスコミに笑われてしまうぞ」

三上刑事部長の悪口は際限がない。

そのマスコミも、今、警察と同じように、問題の三人を探していることを、十津川は、知っていた。

マスコミも、今回の事件を、連続殺人と見て、三人を探しているのだ。

この競争は、十津川たちが、まず、一勝した。

京都府警が、三人の一人、立木敏が京都市内の東山に住んでいると知らせてくれたのである。

二年近く前に、警視庁と京都の東山署で、合同捜査をしたことがあり、その時、親しくなった京都府警本部の寺井《てらい》警部が、教えてくれたのである。

十津川は、亀井と二人、新幹線で京都に向った。

中国では、コロナ発生の武漢の街を、封鎖してしまったが、日本では、まだ、どの都市も封鎖されていない。

地方に及ぶような、コロナの拡散は防げる段階と見られていて、交通も、自由である。

日本の目下の最大の問題は、東京オリンピックだろう。

東京オリンピック・パラリンピックはコロナによる中止が心配されているが、今のところ首相も、都知事も、そのつもりはないと、いっている。

新幹線の車内は、ほとんど変化は見られない。

マスクをしている乗客は多いが、座席に腰を下すと、たいていの乗客はマスクを外していた。

京都駅には、寺井警部が迎えに来ていた。

とめてある覆面パトカーに、十津川たちを案内してから、

「京都の町も、静かになりましたよ」

と、いう。

国内の旅行は自由だが、外国人の旅行者を止めてしまったのが、ひびいているという。

「特に、中国人が来なくなってしまって、例の爆買いがなくなりましたから」

確かに、一見、京都の町は変っていないように見える。落着いている。が、逆にい

えば、賑やかさが感じられない。

寺井が案内したのは、祇園の花街に近い料亭の前だった。

「ここです。ここの主人です」

と、車の中から、指さした。

黒い塀に囲まれた、典型的な日本風の料亭である。

「はせがわ」

の看板が出ている。

「ここの主人が、立木敏ですか」

と、十津川が、きくと、

「ここの婿に、おさまっています」

と、寺井が、いった。

ただ、料亭「はせがわ」の玄関は、しまっている。

そこで、寺井が案内したのは、近くのカフェだった。

「立木敏ですが、大蔵省から、国税に移りましてね」

と、寺井が説明してくる。

「大阪国税局に移り、二年間、いたあと、本省に戻る。いわゆる国税の出世コースというやつです。数々の天下りを経て、あの料亭の娘の婿になりましてね。あれは、間違いなく、税金対策だという噂でしたね」

「店の評価は、どうなんですか？」

と、十津川がきいた。

「五代続いた料亭で、経営状態は悪くありませんね。ただ、京都の料亭にしては珍しく、政界、官界にコネがないのが、弱みと思われていたんですが、国税で、局長にまでなった男を婿にしたんですから、これで一安心じゃありませんかね」

「一人娘ですか？」

「ですが、婿さんより年上です。それに、前の婿さんを追い出してのバツイチです。よく、今回の婿さんが、来たものだと、みな感心していますよ。エリート官僚ですからね」

「多分、立木敏の方にも、都合があったんだと思いますね」

と、十津川がいった。

おそらく、姓を変えたかったのだろう。それに、京都の料亭などでは、主役はおかみさんで、旦那は、目立たない方がいいので、営業をやっていると聞いたことがあった。

それゆえ、隠れて生きるには、恰好のポジションだろう。

時間が来たので、三人は、料亭「はせがわ」に戻ってみた。

すでに、夜である。どの店にも明りが点《つ》き、玄関は客を迎えるために、開いている。

舞妓や、芸妓の姿も見える。これから、お座敷なのだ。

しかし、料亭「はせがわ」には、明りが、入っていない。

「調べて来ましょう」

と、寺井は、車を降りて行った。

一時間近くたって、やっと戻ってくると、

「問題が起きました。長谷川《はせがわ》敏こと、立木敏は、今日、突然、入院してしまったのです」

と、十津川に、いった。

「入院ですか？」

「ここ二、三日、高熱が続いていたので、今日、心配になって、京大病院で診て貰ったら、コロナとわかったそうです。即入院で、店の方も、しばらくは休業だといいます」

「京大病院に入院ですか」

「いや、京都市内に、コロナの流行に備えて、専門病院に改装した病院がありましてね。一般病院だと、一人のコロナ患者が入院すると、院内感染が怖いので、入院患者を他に移さなければならないし、外来診療も出来なくなりますからね。そこで、いっそのこと、コロナ患者だけを受け入れる専門病院になる病院が生れたわけです。今からそこへ、ご案内しますよ」

寺井は、その病院に案内してくれた。

上京区の京都御所近くの病院だった。

説明の通り、新しい病院ではなく、既存の病院を改装したものだった。

確かに、コロナのようなウイルス性の病気が流行したら、コロナ専門の病院が、必要になるだろう。

病院の名前は、「駒井《こまい》病院」である。すでに、隣りの大阪で感染した患者五人も、入院させているという。

十津川たちは、駒井院長に会った。

入院している長谷川敏こと立木敏の写真も見せて貰った。

個室で、院長の診察をうける写真である。

「最低二週間は、入院が必要でしょうね。そのあともう一度、検査をして、更に、入院が必要になるかもわかりません」

と、院長は、いった。

「どういうルートで、感染したのかわかりますか？」

と、十津川が、きいた。

「確証はありませんが、店の客から、感染したんだと思います。京都では、大事なお客さんの時は、おかみさんや、旦那さんが、あいさつに出ますから」

と、院長は、いった。

一瞬、十津川は、犯人のことを考えた。

プライバシーを尊重するため、コロナで入院した患者の名前は、基本的に公表されない。

新聞にも「本日、京都市内でコロナ感染者一名確認」としか、報道されないだろう。

いくら連続殺人犯でも、長谷川敏（立木敏）を探し出すのは、難しいはずだ。

それとも料亭「はせがわ」に、陽性の犯人がやって来て食事をし、その席に、店の主人があいさつに出て、コロナを伝染《うつ》されたのだろうか。

しかし、十津川は、すぐ、この想像を否定した。

京都の老舗の料亭などは、だいたい初めての客は断るという慣例は、今も生きていると聞いていたからである。

犯人の身元は、まだわかっていない。わかっているのは、第一の死者井上潔、第二の死者入江香一郎を恨んでいるのだろうということだけである。とすれば、長谷川敏こと、立木敏も、用心して店にあげないだろうし、わざわざ、あいさつに出たりもしないだろう。

そこで、十津川は、コロナの専門病院になった、駒井病院について、寺井警部に頼んで、調べて貰った。

病院の図面も、コピーして、手に入れた。

病院周辺の地図もである。

「御所の近くですから、静かですよ。それに、駒井病院は、他の病院に比べて、警備もいいと思います。何しろ、外来を受付けなくしたし、コロナ患者が、六人も入院しているので、医者と看護師の数も増やされています」

と、寺井が、いった。

その日、京都府警本部で、十津川を迎えて、捜査会議が開かれた。

十津川は、まず、東京の多摩川で起きた殺人事件について、説明した。

「今回の事件については、いろいろな見方が出来るのですが、私は、その中で、六人衆に対する連続殺人ではないかと見ているのです。すでに六人の中の二人まで殺されていますから、残りの四人の中の誰かが、次に狙われる可能性があるわけです。この中の一人、松崎公平は、居所がはっきりしているので、道警に委せて、私としては、他の三人が、何処で何をしているか調べていたのですが、幸い、こちらから、立木敏が、長谷川敏として、料亭の主人に納っていると教えて頂きました。彼は、コロナの感染者として入院してしまいましたが、コロナ専門病院なので、逆に、ガードは楽だろうという気もしています。残るのは、西尾正明、浅野昌夫の二人ですが、いぜんとして、何処で、何をしているかが、わかりません。それだけ、約三十年前のバブルの崩壊がいかに多くの人間を傷つけたか想像が出来るのですが」

「松崎公平ですが、容疑者でもあるわけでしょう」

と、府警本部長が、十津川を見ていった。

「その通りです。それも、道警では、承知して、対応してくれている筈です」

と、十津川は、いった。

3

松崎公平は、秘書の坂元由美を連れて、新千歳空港にいた。

佐世保から帰ってくるA・ヘンリーを迎えるためだった。

全日空機が到着し、ヘンリーが、降りてきた。

彼には、松崎の方から、会いたかったのだ。

二十年間の眠りから醒めた時、自分を眠らせたヘンリーは、アメリカだった。

松崎としては、身体の状態など、相談したいことが多かったのだが、なかなか居所がつかめなかった。

それが、ここに来て、佐世保にいることがわかって、札幌に帰るヘンリーを迎えに来たのである。

正直にいうと、二十年ぶりなのだ。顔つきも、身体つきも、さして変っているようには見えなかった。

向うも、すぐ、松崎に気付いて、手をあげて見せた。

とりあえず、空港内のカフェで二十年ぶりのあいさつをする。と、いっても、松崎の方は、二十年ぶりだが、ヘンリーの方は、自分が眠らせた松崎をじっと、観察していた筈である。

「やたらに忙しそうだね」

と、松崎が、いうと、

「今回のコロナ問題で、余計な仕事が増えてしまってね」

ヘンリーは、新しく作った名刺を見せた。

「CDC（疾病予防管理センター）のアジア地区の責任者になったのか。それは忙しいに違いない」

と、松崎は、名刺に書かれたアルファベットを読んだ。

CDCといえば、アメリカを代表する感染症の研究機関として知られる。

そのため、中国の研究所は、「中国のCDC」と呼ばれ、日本の研究所は「日本のCDC」と、呼ばれている。それだけ権威があるということだろう。

「前に、CDCで働いていた時期があってね。そのせいで、アジア地区の責任者に推された」

「佐世保にはどんな用で？」

「現在、佐世保に、原子力空母G・ワシントンが、乗組員の休養のため入港している。

ヨコハマのダイヤモンド・プリンセスが、いい例で、一隻の船の中に、何千人もの人間が生活していれば、コロナが発生したら、あっという間に、船内が、コロナ患者であふれてしまう。それを注意しにいったんだ」

「それで、大丈夫なのか」

「艦長や、スタッフに集って貰って、注意をしたんだが、ほかでもないトランプ大統領が、何の根拠もなく、アメリカは、コロナに勝つといっているんだから、不安だよ。私が、佐世保にいた間も、若い水兵たちが町に遊びに出かけていたからね」

「君は大丈夫なのか」

「昔から不死身でね」

と、ヘンリーは、笑ってから、

「それより君のことだ。今いくつだ?」

「六十七歳だ」

「六十七年の中の二十年間、君は、眠っていたことになる。その間の身体の調子については、眠らせた私に責任がある。もちろん、二十年間、毎日二十四時間、ＡＩが、君の体調を管理していたんだがね」

「一番知りたいのは、二十年間、眠っていたことで、今後、どうなるのかが、心配なんだ。二十年、長生きできるのか、逆に、短命になってしまうのか、知りたいことが、いくらでもある」

「二十年間眠るというのは、君が人類史上、最初だからね。私にも、あれこれ、断定できない。ただ、君を眠らせただけで、DNAをいじったわけでもないし、血液型が変ったわけでもない。従って、さして、身体が変調を来たすことはないと思っている」

「私も、そうあって欲しいと思っている」

松崎は、由美に、車を駐車場から、こっちへ持ってくるように頼んだ。

ヘンリーと二人だけになると、

「君も、三十年前の六人衆について、知っていた筈だね」

「君を含めた六人衆だろう。あの頃、私も、日本の研究所で働いていたからね」

「六人の中の二人が、次々に殺された」

「日本に来てから知ったが、私には、動機がわからないね。バブルの崩壊は、三十年近く前なんだから」

と、ヘンリーが、首をひねって見せた。

由美が、車を持って来て、松崎とヘンリーが乗り込んで、札幌に向う。

走り出すとすぐ、松崎は、由美のスマホを手にした。ここにきて、ようやく、由美に教わって、操作方法がわかってきたのだ。
松崎が、スマホを使って、一番見たいのは、毎日のニュースだった。
自分に関係のありそうなニュースを拾っていく。
松崎の眼に止ったのは、小さなニュースだった。

今朝早く、長崎県佐世保市で、マンション火災があった。佐世保港近くのマンションの八階から出火、消防車十二台が駈けつけ、消火に当ったが、火勢が強く、四時間余りかけて、ようやく鎮火した。
火元と思われる八階の八〇七号室は、全焼、住人の浅野昌夫氏（六十五歳）と思われる焼死体が発見された。

（あの浅野昌夫かな？）
と、思った。
三十数年前、同じ六人衆の一人だったのが、通産省の浅野昌夫である。
あの浅野と同一人物なら、松崎は、溜飲を下げるところである。
（残るのは、あと一人か）

と、思ったあと、松崎は、スマホを見るふりをして、隣りのヘンリーの様子を窺った。

佐世保で起きた火事だと、ニュースは、伝えている。

しかも、佐世保港近くのマンションの火事である。

その上、今日の早朝で、消防車が十二台も来たが、四時間もかかって、ようやく消し止められたという。

港には、世界最大級の原子力空母G・ワシントンが入港していて、ヘンリーは、CDCの責任者として、乗組員のコロナ対策について、艦長たちに説明をしていたのである。

そして、午後、全日空機で、北海道に戻ってきた。

朝の火事は、空母の上から、見ていた筈である。

今日、新千歳空港で会い、カフェで、一時間近くおしゃべりをした。その時、ヘンリーは、何故、この火事のことを、話題にしなかったのだろうか。

恰好の話題だった筈である。

しかも、火事で、焼死したマンションの住人の名前は浅野昌夫なのだ。

ヘンリーも、六人衆の名前は覚えているといった。それなのに、何故、話題にしなかったのか。

その疑問を、直接、ヘンリーにぶつけてみようかと考えたが、思いとどまった。彼が、CDCのアジア地区の責任者になっていることを思い出したからである。CDCは、アメリカで、もっとも権威のある感染症の研究機関で、今回のコロナ流行について、主力として、対応している。その職務に忙殺されているのだろう。

日本の国立感染症研究所も、このCDCを模範としていると、聞いたことがある。

(二十年だ)

と、松崎は、改めて、思った。

松崎の知っているヘンリーは、あくまで、二十年前のヘンリーである。

若く、才能のある科学者だが、会社の中では、研究者の一人に過ぎなかった。

バブルの時、北海道も景気が良かった。札幌市内にあった、二十一世紀研究所は、ベンチャー企業だが、この企業も元気が良くて、アメリカからわざわざ、ヘンリーを呼んだりしていた。

ところが、バブルが崩壊すると、とたんに、この二十一世紀研究所も元気がなくなって、その後、アメリカの企業に呑み込まれてしまった。

札幌の二十一世紀研究所は、アメリカ企業の日本支社になってしまった。だが、松崎はヘンリーが支社長になったおかげで、予定通り二十年間の眠りにつくことが、出来たのだろう。

「アメリカは、今回のコロナ問題を、どう考えているんだ？」

と、松崎は、ヘンリーに、きいてみた。

「トランプ大統領は、たいした困難だと思っていない。簡単に打ち勝てると思っている」

だから、今のところ、アメリカは、何の手も打っていないと、ヘンリーは、いう。

「つまり、大したことはないと思っているんだ」

「それは少し違うんだよ。トランプは、歴代の大統領とは、物の見方が違うんだ。これまでの大統領は、自分たちの理念に従って、世界状勢を見てきた。デモクラシーとか、自由主義という理念に従ってだよ。その理念が、時々、邪魔になって、世界の大勢を見誤って失敗する。例えば、ある小国で、革命が始まる。長年の独裁政治に反対して、民衆が立ち上ったのに、革命の結果、共産主義の政府が出来てしまうことに反対して、独裁君主に、味方してしまうとかね」

「よくわかるよ」

「しかし、日本だってトランプとたいして違わないね。日本の首相の一番好きな言葉は、アンダーコントロールだろう。原発事故のあとの東京オリンピック招致の時、心配する各国に対して、首相の答えは、アンダーコントロールだった。ちゃんと、コントロールしているということだが本当にコントロールされているかどうかは、わからない。今度のコロナさわぎでも、日本の首相は、同じようにコントロールされているから、あわてることはないというわけだが、トランプも、日本の首相も、呑気にしていると、間違いなく、感染は、広がるね」

と、ヘンリーが、いった。

「その徴候は出ているのか?」

「佐世保で、空母G・ワシントンを見てきたといったろう。船の中、それも、一ヶ月も二ヶ月も、外に出ずに、同じグループで船内生活をしているところに誰かが外から持ち込むと、一気に船内感染が起きてしまうんだ。国防総省は、しばらく、発表を控えるだろうが、間違いなく、あの空母の艦内で、コロナの感染が始まっていたよ」

と、ヘンリーが、いう。

新千歳空港から、一時間ほど車で走って札幌に戻った。

「明日の午後に、うちの会社に来てくれ。二十年眠ったあとの君の身体の様子を診てみたいからね」

別れしなに、ヘンリーが、松崎に、いった。

4

コロナの専門病院「駒井病院」の正門前の大通りに早朝、男が一人、倒れているのが、発見された。

昨夜からの当直で、仮眠をとっていた若い小林《こばやし》医師は、これも当直の看護師に、叩き起こされた。

「病院の前に人が倒れています」

と、いう。

驚いて、飛び出すと、確かに、男が倒れている。しかも、男は、病院の正門に寄りかかるような恰好で倒れているのだ。

まるで、病院に辿《たど》りついて、中に入ろうとして、倒れてしまったという感じなのだ。

小林医師は、看護師と二人で、男を、中に入れ、診察室で、まず熱を測ってみた。

「三八度二分」

とたんに、小林医師はコロナではないかと考えた。

急いで、駒井院長に連絡した。

院長も、駈けつけた。

男は、意識を取り戻していたが、高熱のため顔が赤く、時々、咳込んでいる。

「コロナかも知れません」

と、小林は、駒井院長にいった。

「うちがコロナの専門病院だと知っていて、高熱の中、やって来て、倒れてしまったのかも知れません」

「とにかく、検査しよう」

駒井院長は、まず、保健所に連絡し、その許可を取ってから、ＰＣＲ検査をやることにした。

予想どおり、陽性の結果が出た。

そのまま、入院ということになったが、困ったのは、身元証明がないことだった。いわゆるネットカフェなどを、転々と泊り歩いている人間だったのだ。

名前は、外《と》山《やま》恵吾《けいご》、五十歳だというが、それを証明するものは、持っていなかった。

その日、その日の日傭いで生きてきたが、コロナさわぎで仕事が失くなって、ネットカフェに泊れず、路上で寝ていたこともあるという。

駒井病院の医師と、この患者とは、検査の結果が出たあと、次のような会話を交わしていた。

「どうして、この病院の前で、倒れていたのか？」

「仕事も金もなく、その上、ここにきて、カゼを引いたのか熱も出て、これは、今はやりのコロナじゃないかと怖くなりましてね。駅近くの病院へ行ったんだが、診てくれない。いよいよ、死ぬのかなと思っていたら、古新聞で、この病院のことを知ったんですよ。コロナで死にそうになったら、ここへ飛び込めば、助けてくれそうだと思ってね」

「自分で、コロナだと思っていたのか」

「熱が、なかなか下らないし、咳が出てるからね」

そうしたことは喋るのだが、身元に関ることになると、急に、口が重くなった。

東京の下町の、長屋に生れて、父親が女にだらしなくて、生活費を家に入れなくて、母親がいつも怒っていたといった話はするのだが、詳しい話は「思い出したくない」と、拒否する。

しかし、コロナとわかっていて、追い出すわけにもいかなかった。

もっとも、外山恵吾は、病院前に倒れていたとはいえ、コロナの症状は、軽い方だ。

身元は怪しいが、外山は、他の入院患者と、意外に、仲良く過ごしているようだった。

特に、入院患者のひとり長谷川敏と、気が合うらしく、院内で、二人で話し合って、笑声を立てているのを、駒井院長も聞いていた。

長谷川も、症状が軽い方で、時間をもてあましていたからだろう。

長谷川が、院長にもらした言葉の中に、

「あの外山さんは、話も上手いし、優しいから、お互い退院したら、うちの店で働いて貰ってもいいと思っています」

と、いう言葉もあった。

警視庁捜査一課の十津川警部は、面会には来なかったが、時々、電話をかけてきて、院長に、長谷川敏の病状を聞き、面会希望者はいないかと、聞いた。殺人事件の捜査なので、これは院長も断れない。

「面会者の中に、コロナ患者と思われる人間がいたら、すぐ、教えて頂きたいのです」

と、十津川は、いった。

「それは、陽性の人間ということですか？」

「そうです。陽性だが、症状が出ていない人間です。中年の男性です」

「最善は尽くしますが、それは医師でも難しいですね。その男性は、何のために、あの患者に会いに来るんですか？」

と、駒井院長がきくと、

「それは、捜査上の秘密です。もし、私に連絡が取れなかったら、京都府警の寺井警部に連絡して下さい」

と、十津川は、いった。

「その寺井警部なら、時々、長谷川さんのことで、問い合せてきますよ」

駒井院長が答えると、十津川は、安心したように、電話を切った。

外山恵吾について、入院した時、地元の新聞が、小さく取り上げたが、その後、彼について、問い合せの電話もなかったし、会いに来る人間もなかった。

三月二十四日。

安倍首相が、この日、東京オリンピック・パラリンピックの一年程度の延期を発表した。

東京都知事の小池百合子も、延期に同意している。

もちろん、原因は、コロナなのだが、今のところ、政府も、東京都も、日本の一部を封鎖するという話も出ていないし、人々の移動を禁止する話もなかった。

つつあった。

コロナの話はテレビでも新聞でも、連日、取り上げられ、表面上は大さわぎになりつつあった。

不思議なのだが、当初、コロナ問題は、中国の武漢と、横浜港に停泊中の「ダイヤモンド・プリンセス」の二ヶ所のさわぎに見えたのである。

十津川にしても、それは、殺人事件の捜査対象としての関心にすぎなかった。

だから、捜査に走り廻る時、マスクをつけるのは面倒だと思いながら、それが、死の脅威にはなっていなかった。

まだ、積極的に動かずにアンテナだけを広げていたのだ。

頭の中に、日本の地図を広げていた。

逃げた犯人の行方は、わからない。が、連続殺人だという確信は、強くなっている。

狙われているのは、六人。

その中の井上潔と、入江香一郎の二人は、殺され、浅野昌夫は死亡した。

立木敏（長谷川敏）は、京都のコロナ専門の駒井病院に入院中である。

容疑者の可能性もある松崎公平は、現在、北海道の札幌にいるが、彼については、道警の三宅警部が、監視している。

一人、依然として、行方がわからないのは、西尾正明である。

三十年前、例の北海道経済の六人衆と呼ばれていた元大蔵官僚だ。当時、北大で、教えていたが、現在、行方不明のままである。

十津川は、電話で京都の長谷川敏について聞いたあと、道警の三宅警部にも連絡して、松崎公平の様子を聞いてみた。

「札幌のマンション暮しで、坂元由美とは、よく会っているようですよ」

と、三宅がいう。

「では、札幌から動かずですか」

「いや、二日前、新千歳空港に、ヘンリーというアメリカ人を迎えに行ってます。このアメリカ人は、この間お話ししましたが、札幌にあるアメリカの会社の日本支社長で、今回、アメリカのCDCのアジア方面の責任者という肩書きもついて、日本支社に戻って来たそうで、そのヘンリーを、新千歳空港に迎えに行ったというのです」

「CDCというのは、知っていますが、ヘンリーというアメリカ人は、具体的に、日本で、何をやっているんですか？」

「松崎公平の話では、佐世保に入っているアメリカの原子力空母G・ワシントンで、艦内でコロナの感染が起きているんじゃないかと、それを調査に行っていたんだそうです。札幌の支社というのは、アメリカの本社の意向に沿って、宇宙関係の研究をしているんですが、ヘンリー自身の専門は、生命学です。ＣＤＣの方はいわば、副業だと思います」

「日本では、横浜港に入っている客船のダイヤモンド・プリンセスがコロナで有名になりましたが、軍艦でも、やはり、艦内感染が問題なんですね」

「佐世保に入っているＧ・ワシントンは、感染者が出ていなかったようですが、現在、航行中の巡洋艦や原子力潜水艦なんかでは、感染が生れると、あっという間に広がって、何百人、何千人と乗っていても、戦力がゼロになってしまうそうです」

と、三宅は話してから、

「ところで、京都の方はどうなんですか？」

と、きいてきた。

「コロナに感染していることがわかった、長谷川敏こと、立木敏は、駒井病院に入院中ですが、コロナの専門病院なので、他の病気の入院患者はいませんし、外来も来ませんから、安心なんじゃありませんか」

「病院にいる間は安全ですね。長谷川敏は、どのくらいで退院することになるんですか？」

「一応検査をして、二度陰性なら、退院できると聞いています」

と、十津川は、いった。

この日の深夜、京都市上京区の駒井病院で、一人の入院患者が、脱走し、一人の入院患者が、死体で発見された。

第五章　容疑者からの報告《メッセージ》

1

十津川は、京都府警の寺井警部からの連絡を受けて、亀井刑事を同行させて、京都に急行した。

三月二十四日、新型コロナ問題で、安倍首相は、東京オリンピック・パラリンピックの一年程度の延期を発表した。

政府は、緊急事態を宣言していなかったが、東京の市中も、東京駅も少しずつ人が減り、二人が乗った新幹線の車内も空いており、特別な緊張感に包まれていた。

そんな車内でも、新型コロナのことを誰よりも考えていたのは、十津川と亀井の二人だったかも知れない。

十津川は、寺井から、京都の駒井病院で、コロナで入院中の長谷川敏こと、立木敏が殺され、犯人は、同じく入院中の患者外山恵吾（住所不定）で、逃亡中という知らせを受けたとき、激しい衝撃を受けた。理由は簡単だった。

長谷川敏こと立木敏は、コロナ専門の病院に入院していれば、安全だと思っていたからである。

外来患者が来ることもないし、警備もかなりしっかりしている。プライバシーも保たれていて、立木敏が、入院していることは、公表されていなかったからである。

それが、院内で襲われて死ぬとは、全く思っていなかった。

今になれば、その心配をすべきだったと思うのだが、コロナという病気を、特別のものと、考え過ぎていたのだ。

京都駅には、寺井警部が、迎えに来てくれていた。マスクをしているので、表情は、はっきりしないが、眼を見れば、疲れているのがわかる。

黙って、パトカーで、駒井病院に運んでくれた。

だが、病院の入口で、待たされることになった。

完全防備の医者が現われて、必要なカルテや写真の入った大型封筒を渡された。肝心の死体の方は、見せて貰えなかった。

仕方なく、そのまま捜査本部に廻り、そこで、カルテや、現場写真などを見るよりなかった。

それを、寺井が、壁にピンで止めていく。

一枚ずつ、ゆっくり見ていくと、駒井病院で何が起きたのか、わかってくる。

駒井病院では、コロナ患者は、全て、個室に入っていた。

病室は、万一を考えて、内側からカギが掛らないようになっているから、犯人の外山恵吾は、深夜に、立木敏の病室に入っていくことに、何の苦労もなかったと思われる。

その上、事件当日、殺された立木敏は、熱が出た（三八度五分）ため、解熱剤を注射して、眠っていたとカルテに記載されているから、ロープを使って、首を絞めることも、さして苦労はなかったと思われる。

死体の写真も、入っていた。

首に巻きついたロープが、そのままになっている写真である。シーツを裂き、それをねじって作られたロープだと説明されている。

犯人、外山恵吾の写真と、カルテも、同封されていた。

カルテによれば、身長一六五センチ、体重七〇キロと書かれている。

三七度六分の微熱が続くが、全体としては、軽症である。

写真は、三枚。正面、左右からのものである。

間違いなく初老の顔である。

「そこに書かれている外山恵吾という名前はあてになりませんよ」

と、傍から、寺井がいった。

「年齢もです。本人が、申告していますが、証明書はありません。病院も、われわれ警察も、偽名だと考えていました」

「指紋は、当然、残っていたんでしょう？」

「もちろん、警察庁に送って調べて貰いましたが、指掌紋自動識別システムには、一致するデータがありませんでした」

「カルテには、左下奥歯が抜かれ、義歯だと書いてありますね」

「駒井病院の医師は、この男の一番の特徴だと、いっています。他には、その年まで健康で、これといった肉体的特徴は、ないといっていました」

「確かに、初老にしては、スラリとしていて、これといった弱点は、見当りませんね」

と、十津川は、全身の写真を見て、いった。

スポーツマンタイプというのではない。ただ、健康的で、柔軟な感じである。

十津川は、多摩川の河原で発見された死体を、思い出した。

死体の身元は、例の六人衆の一人、入江香一郎。

しかし、今、十津川が、思い浮べたのは、犯人である。あの事件で、犯人は、目撃されていない。

ただ、被害者を殺し、左手薬指に、強引に古い指輪をはめたこと、ガソリンをかけて火を放ったことなどから、力の強い男性だろうと、想像された。

そして、新型コロナの感染者であることもである。

この犯人が、東京で、入江香一郎を殺したあと、京都に行き、自分が、コロナの感染者であること、容体が悪化して苦しいことを告げて、まんまと、コロナの専門病院に入院したのではないのか。

十津川が、それを話すと、寺井は肯《うなず》いて、

「私も、同じことを考えました。そこで、札幌に連絡して、道警の三宅警部に、松崎公平を連れて来てくれないかと、頼みました。彼は、六人衆の一人ですから何か、捜査の参考になることを、教えてくれるかも知れません」

と、いう。

それを聞いて、十津川は、今日は、帰京せず、京都に一泊することに決めた。

2

翌日の午後、道警の三宅警部が、松崎公平と、彼の秘書、坂元由美の二人を帯同して、到着した。

三人の中で松崎公平が、一番、長谷川敏こと立木敏が殺されたことに、驚いているように見えた。

「私は、正直にいって、コロナの専門病院に入院していることはもちろん、京都にいることさえ知りませんでした」

と、いう。

「今、一番の問題は、犯人です」

と、京都府警の寺井警部が、いった。

「私も、警視庁の十津川警部も、東京で、入江香一郎を殺した犯人が、今回、コロナ専門病院にもぐり込んで、まんまと犯行に及び、逃げ去ったのではないかと、考えているのです。ここに、病院が撮った男の写真と、カルテがあるので、よく見て、もし、心当りがあれば、いって下さい」

と、寺井が、松崎公平と、秘書の坂元由美の二人を見た。

十津川は、その二人の表情を見すえて、

「ひょっとすると、松崎さんが傭っていた秘書の平川修さんかも知れませんから、よく見て下さい」

と、声をかけた。

松崎が、十津川を見て、

「何しろ、私が、平川修に最後に会ったのは、二十年前ですから」

「坂元さんは、どうですか？　あなたは、最近まで、ご一緒に働いていたんでしょう？」

「そうはいっても、二年前に、姿を消してしまったので」

と、由美が、いう。

「しかし、二年前なら、同僚の平川修さんの面影はあるでしょう」

「病院では、外山恵吾と、名乗っていたそうです。その名前にも心当りはありませんか。犯人は、偽名で、入院したことも考えられますから」

と、寺井警部も、横から、いう。

二人の声を受けた恰好で、由美が、

「何となく、平川さんに似ているような気がしますけど、彼は、もっと、ふっくらしていて、いつも穏やかな顔をしていました」

と、いった。

寺井警部が、松崎に向って、

「あなたは、二人の秘書に、何を頼んでいたんですか？」

と、きいた。

それは、十津川も知りたいことだった。

「六人衆の他の五人の消息を調べておいてくれと、彼は、頼まれていたようです」

と、由美が、答えた。

「一寸《ちよつと》、待って下さい」

と、十津川は、松崎を見て、

「松崎さんは、二十年間、外国にいたわけでしょう。その間も、この二人に、五人の消息をつかんでくれと、調査依頼を続けていたんですか？」

と、きくと、松崎は、あわてた感じで、小さく手を横に振った。

「実は、二十年前、私は、完全に落ち込んでしまって、日本にいるのが、嫌になって、アメリカへ逃げたんです。そのせいで、秘書として働いて貰っていた二人との契約を、そのままにしていってしまいました。そのことに気付いたのは、最近のことなんです。あわてて、連絡を取ったのは、いつだったかな」

松崎には、この二十年間海外への渡航歴がないことを、十津川ら警察側は、すでに調べていた。

しかし、嘘を重ねていけば、何かボロを出すかも知れない。十津川は、あえて、松崎の言葉への疑いを指摘しないことにした。

松崎は、助けを求めるように、由美を見た。

「私が、連絡を受けたのは、確か、二年前でした。その時に、新しく、秘書として契約して頂きました」

と、由美が、松崎の意を汲《く》んで答える。

十津川は、松崎に、

「その時に、平川修さんとも、連絡がとれたんですか？」

「それが、何回も、とろうとしたんですが、彼が、なかなか、捕まえられなくて、今にいたるも、連絡がとれないままです」

「確認しますが、二十年前、あなたが、アメリカに渡る時、平川修さんとは、秘書の契約をしたままだったわけですね？」

「私は、すっかり忘れていたんですが、契約は生きたままだったと思います。うかつだったし、彼には申しわけなかったと思います」

「二十年前、あなたは、秘書の平川修さんに、五人の消息をつかむようにという指示を出したまま、忘れていたということですか?」

「そういうことになるかも知れません」

「とすると、平川修さんは、二十年間、五人の消息をつかもうと、動き廻っていたかも知れませんね」

十津川が、きいた。

松崎は、困惑した表情で、

「もし、そうなら、二十年間の謝罪をしたいと、思っているんですが」

「それは、無いと思いますよ」

と、寺井が、いった。

「二十年間、連絡がなければ、たいていの人が契約は、もう切れたと思いますよ」

「平川修さんは、普通の人ですか?」

十津川が、改めて、松崎にきいた。

「まじめでしたよ。だから、私も、秘書として傭ったんです」

と、松崎が答える。

しかし、それ以上、話は、進まなかった。

当の本人が、その場にいなかったし、連絡の取りようがないのだから、当然かも知れない。

寺井が、次の疑問を、口にした。

「犯人が、駒井病院に入院している長谷川敏こと、立木敏を殺す目的で、病院にもぐり込んだのは、間違いないと思います。問題は、犯人がどうして、立木敏がコロナで、入院しているのを知っていたかということです。プライバシー重視で、長谷川敏こと、立木敏が入院していることは公表されていないのに、何故、犯人が知っていたのか。それがわからない」

「もし、犯人が、平川修だとすれば、彼が、何故、知っていたかということになりますね」

と、十津川も、いった。

彼は、壁にピンで止められた自称、外山恵吾の写真を見すえた。この男が、松崎公平の秘書平川修だったら、少しは、捜査が、前進するのだ。

「日時的には、問題はありませんね」

と、京都府警の寺井が、いった。

「東京で、入江香一郎が殺された数日後、京都で、長谷川敏こと立木敏が、駒井病院に入院しています。従って、入江を殺した犯人は、京都で入院した立木敏を殺すため、京都に向ったということが、考えられます」

「東京で、入江香一郎を殺した時、犯人はすでに、コロナの感染者でしたから、駒井病院の前に倒れていれば、すぐ入院できる、させられると、計算して行動しているようにも見えますね」

と、十津川も、いった。

松崎は、少しばかり青ざめた顔で、

「私は、立木敏を殺していませんよ。ずっと札幌にいたんですから」

と、いう。

「それは、わかっています。犯人と、松崎さんは、写真を見ても、別人だということはわかりますからね。ただ――」

と、十津川は、思わせぶりに、いった。

「ただ、何ですか？」

松崎が、十津川を睨む。

「あなたが、秘書の平川修を使って東京で、入江香一郎を殺させ、京都で長谷川敏こと、立木敏を殺させたとすれば、話は別だということです」

「どうして、私が、そんなことを、命令するんですか？」

「あなた自身が、いっていたじゃありませんか。六人衆は、三十数年前のバブルの頃は、揃って、北海道の若手経済人として、鳴らしていたが、バブルが崩壊したとたんに、その責任者みたいにいわれるようになった。そんな中で、あなたは、他の五人にはめられて、ひとりだけ悪者にされたらしいですね」

「もう三十年も前の話ですよ。今では、五人に会って、昔話をしたい心境なのに、その五人が、次々に殺されていくので、面くらっているんです」

と、松崎は、いうのだ。

「それなら、なおさら、今回の犯人と、あなたが秘書に傭っていた、平川修とが別人か、同一人物かを、はっきりさせる必要がありますよ。それは、傭主《やといぬし》のあなたの責任でもある」

十津川が、強い調子で、いうと、また、その場の空気が険しくなった。それを、打ち消す感じで、道警の三宅警部が、口を挟んだ。

「容疑者は、もう一人いますよ」

三宅が、示したのは、西尾正明の名前と、警察に配られている写真だった。

「六人衆の中の三人が殺されました。残る三人の中の浅野昌夫は、九州で、火災で焼死したことが、確認されました。もう一人の松崎公平さんは、眼の前におられます。残るのは、西尾正明で、現在、行方不明です」

「しかし、写真は京都で起きた殺人事件の犯人と、似ていませんね」

と、京都府警の寺井が、いった。

「西尾正明の写真は、三十年前のものだから、かなり変っている筈です」

と、道警の三宅は、松崎を見て、

「あなたの知っている西尾正明について話して下さい。ああその前に、京都の犯人は、身長一六五センチとなっている。成人してから、身長は、あまり変らないから、三十年前の西尾正明は、そのくらいの身長でしたか？」

「六人の中では、小柄でしたね」

と、松崎は、いってから、

「私の知っている西尾は、北海道財務局の若手のトップで、いかにも頭の切れる官僚という感じでした。あと、二年くらい地方を廻ってから本省に戻って、出世コースに乗るんだろうと、思っていました」

「しかし、その後、北大の助教授になっていますね」

「さっさと、官僚の世界に見切りをつけて、大学に入った。頭がいいと思います」

と、松崎が、いった。

「ところが、五年ほど前に、突然、姿を消した。これは、何故なんですかね？」

と、三宅が、いう。

「私は、二十年ぶりに帰国したら、他の五人の行方がわからなくて、戸惑っているんです」

と、松崎が、いった。

しかし、十津川は、その言葉をまったく、信じなかった。

第一、今、松崎は、何の仕事もしていない。それなのに、平川修、坂元由美という二人の秘書を傭っているのだ。

何のために、二人も秘書を使っているのかがわからないし、平川修の方は、二年前から行方不明だというのである。

結局、京都府警が、逃亡した殺人容疑者として、自称外山恵吾を、全国に指名手配することになった。

写真は、駒井病院が、撮ったものが、使用された。

外山恵吾が、コロナに感染していることを、記載するかどうかで、少しもめた。

東京の殺人事件のあとの捜査では、コロナに感染していることは、伏せた。それは、犯人の名前も、身体的特徴もわからなかったからである。まるで透明人間のような犯人が、コロナの感染者では、いたずらに、不安を助長するだけと考えたからだった。

今度は、事情が、違っている。

犯人の写真もあった。自称だが、名前もある。

駒井病院の作成したカルテもあった。

身長、体重もわかっているし、左下奥歯を治療し、義歯が入っていることも、わかっていた。

となれば、コロナに感染していることを、秘密にすることもないだろうという判断だった。

京都府警が、指名手配の手続きをすませたあと、十津川たちは、東京の警視庁と、北海道の道警本部に、それぞれ引き揚げることになった。

道警本部の三宅、警視庁の十津川、京都府警の寺井は、じっと、全国指名手配の結果を待った。

3

だが、いっこうに、結果は、現われなかった。

犯人、自称外山恵吾は、消えてしまった。

全国の警察署に、指名手配書は配られている。

それだけではなく、犯人が、コロナの感染者であることを考え、全国の保健所にも、配布された。

だが、反響はない。

「おかしいな」

と、十津川は、首をひねった。

亀井刑事は、

「犯人も、必死ですから、簡単には捕らんでしょう」

と、いう。

「その必死さで、意外に早く逮捕できるんじゃないかと、期待していたんだがね」

「どういうことですか？」

「今回の事件で、今までに、三人の男が殺されている」

十津川が、その名前を並べた。

井上潔
入江香一郎
立木敏（長谷川敏）

「この他、浅野昌夫が、マンション火災で死んでいるが、これも、火災に見せかけた殺人の可能性もあるから、そうすると四人の男を殺したことになる。これは、一つ一つ調べていくと、第一と、第二の殺人の間には、時間がかかっている。それが、次第に間隔が短かくなっている。もう一つ、第一、第二の殺人では、ナンバーのついたカギを死体のポケットに入れたり、被害者の指に、古い指輪をはめたり、芝居がかっているのだが、京都の第三の殺人では、そんな芝居は全く見られない」

「犯人は、焦ってきたということですか」

「だとすれば、失敗して、逮捕される可能性も大きいと、期待していたんだがね」

「犯人が、焦り始めた理由は、何だと思われますか？」

「素直に考えれば、われわれ警察が、犯人に近づいたということになる」

と、十津川は、いった。

「つまり、われわれが、ここにきて、その存在を知った人間が犯人ということですか？」

「自然に、そうなってくる」

十津川は、メモ用紙に、思いつくまま名前を書き並べていった。

松崎公平

坂元由美

平川修

西尾正明

「この中で、一番怪しいのは、平川修という男だ」

と、十津川は、断定した。

「平川修が犯人とすると、共犯として、松崎公平の名前がでてきます」

「松崎が、次の目標を決め、その目標を、平川修が消していくという役割分担になっているんじゃないか」

「グループ犯罪なら、同じ秘書の坂元由美も仲間なのかも知れません」

「松崎は、この二人を秘書として傭っているというが、殺人者としてずっと金を払っていたとも考えられるな」

「松崎は、二十年間、契約を切らずに、ずっと秘書として、傭ってきたことになると、バカなことをいっていましたが、いつか、殺人を依頼するつもりがあったのなら、安いものですよ」

と、亀井が、いった。

「殺人の動機は、やはり、約三十年前のバブル崩壊か」

「調べたところ、松崎たちは三十数年前、六人衆として、北海道の経済を動かしていましたが、突然、バブルが、はじけると、今度は、その責任を問われて、銀行頭取の地位などを追われています。全員が、責任を問われたように見えますが、六人の中、松崎公平ひとりが、刑事責任を背負って、一年半、刑務所に入っています。他の五人は、全く、問われていません。第一、経済事件で、刑事責任を云々することは、めったにないそうです」

「松崎としては、自分ひとりが損をした気持になっても不思議はないということか」

「その頃、北海道の経済界では、こんな、噂が流れていたそうです。『六人衆は、バブル時代は、若き英雄だった。しかし、バブル崩壊後は、北海道経済界のガンと呼ばれるようになった。本来なら、全員が頭を丸めて、道民に謝罪すべきなのに、彼等は、仲間の一人をいけにえにし、自分たちは、責任逃れを図った。それが六人衆の中で、最も目立つ存在だった松崎公平であり、他の五人は、さっさと、彼を盾にして逃げ出したのである』という噂です。松崎が、怒ったとしても、無理はありません」

「松崎は、一年半、刑務所に入っていた。その間に、他の五人は、うまく立ち廻って、その後、第二の人生に滑り込んだというわけだな」

「京都祇園の老舗の料亭の婿におさまったり、海運会社の社長におさまったりしています」

「しかし、五年前、連中は、次第に、姿を隠したといっている」

「正確にいえば、五年前ではなく、二年前からです。会社の社長だった人間が、社長職を退くことはあり、その後も、会社の実権は握っていたのですが、それが、実際に、会社に来なくなり、ほとんど居所が、わからなくなっています。西尾正明は、五年前には大学で休職扱いになりましたが、在籍はしていました。二年前から、完全に、大学から消えています」

「松崎公平のせいか？」

「彼が、いよいよ帰国して、自分をひどいめにあわせた五人に、復讐を始めるという噂が流れたのかも知れません」

「しかし、実際のところは、出入国在留管理庁の調べによれば、二月の帰国者の中に、松崎公平の名前は無い」

「ひょっとすると、偽造パスポートを使っているんじゃないですかね」

「かも知れないが、あの男には、不審な点が多すぎる。一番、怪しいのは、二人の秘書、特に、平川修という秘書だ。松崎公平が、この秘書を使って、復讐を続けていることだって、考えられるからね」

4

松崎公平は、やっと、自分のスマホを手に入れた。

二十年間の深い眠りから覚めた時、松崎は自分だけの通信手段を持っていなかった。仕方なく、秘書坂元由美のスマホを借りて使っていたのだが、それでは、内密の交信はできない。それで、やっと、自分のスマホを、手に入れたのである。

電話番号も手に入った。

それで、必要な相手に、その番号を教えて回ったのだが、だからといって、すぐ、掛ってくるわけでもない。

松崎が、一番連絡したい相手は、秘書の平川修だった。

しかし、平川は、今も行方不明だし、坂元由美に教えられた平川の番号にかけても、通じなかった。

二十年前、松崎が長い眠りについた頃、スマホという製品はなかったが、携帯は存在した。

というより、次々に新しい機種が出てくる時代で、松崎たちは、新しい機種が出る度に、争うように購入していた。

四月一日。

この日、安倍首相は、日本中の家庭に、布マスクを無料で配布すると、発表した。

コロナの感染拡大という危機の中で、政府は、全戸に布マスクを配れば、コロナは抑えられると、考えていたのである。首相のブレーンが、日本の全世帯にマスクを配れば、コロナの危機は、解決しますよと、進言したのかも知れない。

この日、四月一日のことを、松崎がはっきり意識しているのは、コロナのせいでも、安倍首相の布マスク配布声明のためでもなかった。

彼のスマホに、待ちかねた平川修からの連絡が入ったためだった。

それは、メールだった。そして、その言葉が松崎を驚かせ、狼狽《ろうばい》させた。

「松崎先生

ようやく、先生との連絡手段が見つかりましたので、早速、必要事項のみ記入させて頂きます。

二十年間、さぞ、辛く苦しかったろうと、お察し申し上げます。自分が、もっとも信じていた友人たちに裏切られ、一年半の獄中生活を送られたのですから、その無念さは、お察し申し上げます。

また、多くの親しい人たちも、先生の傍を離れていったに違いありませんが、私は違います。

私は、古風な人間かも知れませんが、一度受けた恩義は忘れません。特に、先生は、一度、秘書として、採用された私が、何のお役にも立たなかった二十年間、延々と、毎月の手当てを払い続けて下さったのです。こんな素晴しい先生の恩に報いなければ、私は人間ではないと、自分に、いい聞かせてきました。

先生から、五人の消息を知りたがっていることを聞きましたが、その時、ピンと来ました。先生が、ただ単に、五人の消息を知りたいだけの筈がない。五人の消息を知りたいということの奥には、必ず、復讐の思念が、燃えているに違いないと、すぐわかりました。

それなら、先生の手をわずらわすことは、ない。すぐ、五人の消息をつかみ、先生に代って、いや、天に代って、この私が罰を下してやろうと、決心しました。

幸い、天も私に味方してくれました。コロナさわぎも、味方してくれたのです。すでに、井上潔、入江香一郎、立木敏（長谷川敏）の三人は、あの世へ送ってやりました。浅野昌夫は、私が手を下すまでもなく、マンション火災で焼死しています。

残るのは、西尾正明ひとりです。

私が調べた限り、五人の中で、この男が、一番の悪者です。大学で教えながら、『バブル崩壊は、何処に責任があるのか？』というタイトルの本を書き、それが、ベストセラーになって、一儲けしているのです。

私も、読んでみましたが、自分は、バブル崩壊を予想して、過剰融資をするなと、ブレーキをかけ続けていたのに、先生が将来を見通せず、ひたすら、過剰融資に走って、バブル崩壊を招いてしまったと、書いているのです。

まだ、行方がわかりませんが、何処か静かな場所にかくれて、自分勝手な経済書でも執筆しているのだと思いますが、間もなく、見つけ出して、息の根を止めてやります。

これから、連絡は致しません。

先生も、私のことを聞かれたら、『あの男は役に立たないので、とうに馘《くび》にした』といって下さい。

あなたの忠実な秘書

平川修」

読み終って、最初に感じたのは、当惑だった。

自分ひとりを、刑務所に放り込んで、自己保身に走った五人には、今も、怒りはある。四人が死んだ今に到ってもである。

「一言、いってやりたい」と思い、平川には、五人の消息をつかんでおいてくれと、頼んでいたのである。

しかし、実際に、殺すつもりではなかった。

面と向って、謝らせたい。雑誌に真相を記して、五人を糾弾したい。

松崎が、考えたのは、そこまでで、五人を殺すことは、考えていなかった。

それなのに、平川修は、勝手に、松崎の「意を体して」三人を、次々に殺したと告げてきたのである。

困惑した。

どうしたらいいのか。

このまま、最後の西尾正明が、殺されてしまったら、警察は、首謀者は、松崎公平で、金で傭った平川修に、殺しを実行させたと考えるかも知れない。

いや、考えるだろう。

何故なら、実行犯の平川修には、五人に対する直接的な恨みはないからだ。

今回のメールから読みとるに、先生の意を体しての殺人とあるのだ。

最後の西尾正明を殺した平川修が、警察に向って、

「松崎先生のために、全員を殺しました」

と、告げたら、アウトである。

松崎は間違いなく、連続殺人の首謀者にされてしまう。

(自分は、殺すことには、終始反対だった)

それを警察に、示す必要がある。

なおさら、最後の殺人は、防がなければならない。

（おかしなことになった）

と、思った。

松崎は、自分を刑務所に送った五人の死を願ったことは、一度や二度ではない。

だから、井上潔や、入江香一郎の死を知ったときは、ひそかに快哉《かいさい》を叫んだ。

それが、今度は、西尾正明を助けなければならなくなったのである。

殺されそうになった西尾正明を、助けることになれば少しは、警察の心証を良くすることが出来るだろう。

しかし、すでに、平川修は、西尾正明を追いかけている。

今から、彼の先廻りが出来るとは、とても思えないし、自信もない。

（今からでも、警察に、平川修を訴えたらいいのか？）

それは、平川修を警察に売ることである。その上、今まで、平川のことを黙っていて、突然、彼が犯人だから、捕えて下さいといっても、果して、警察が、信じてくれるかどうか。

それまでの殺人を、何故、黙っていたのか、急に自分が怖くなったので、あわてて、平川修を警察に通報したと疑われてしまうに違いない。

と、すれば、警察には、今の論法で、相談できない。

Ａ・ヘンリーは、アメリカ人であり、今はＣＤＣのアジア地区の責任者で、忙しい。

結局、松崎は、坂元由美に、相談するよりなかった。

翌朝、由美を呼び出して、近くのカフェに連れて行き、平川修のメールを見せた。

由美は、黙って、読み終ってから、

「やっぱり、平川さんが、犯人だったんですね」

と、いい、小さく、溜息をついた。そのあと、

「すぐ、警察に、これを見せたらどうですか。最後の殺人を、止めるべきです」

と、いう。

「多分、警察は、信じてくれないよ。私がけしかけて、平川修にこれまで、三人を殺させたと思うに決っている。私が首謀者で、平川を使ってやったのだとね」

「それでは、先生が、アメリカ企業の実験で、二十年間、眠っていたから、何もわからないと発表したら、どうですか？　実験は、行われたんですから」

「駄目だよ」

と、松崎は、言下に、否定した。

「どうして、駄目なんです。実際に行われた実験なのに」

「それは、アメリカの宇宙計画にも関係してくるし、何よりも、アメリカの軍事機密

に関係してくるから、実験が行われたと認める筈はない」

「じゃあ、A・ヘンリーに、相談したらどうですか？　先生の古い友人だし、実験の責任者ですから」

由美が、勢い込んでいう。

「駄目だよ。実験はA・ヘンリーに私の方から頼んだんだが、その時に、彼に念を押されたんだ。これが成功するしないに拘らず、アメリカ軍の機密に関係してるから、計画はあると認めるが、実験したとは、絶対に、明言することはないと。つまり、アメリカは、実験のあったことは、認めないんだ」

「じゃあ、どうしたらいいか、私にも、わかりません」

「とにかく、西尾正明殺しだけでも止めなければならない。平川修が、今、何処にいるか、相変わらずわからないのか？」

「わからないんです」

と、いったあと、由美は、

「このメールを打った場所は、わかるかも知れません。何処かの基地局を使った筈です」

と、いう。

「すぐ、その基地局を探してくれ」

と、松崎は、いった。

いったん別れたが、一時間ほどして、由美から連絡が入った。

「平川さんが、どこの基地局を使ったかは、プライバシーの問題で、とてもすぐには調べられそうにありませんでした。そこで、念のため、平川さんの住んでいた、マンションに行ってみました」

「平川が、そこに戻っていたのか？」

「いいえ。ただ管理人さんによれば、勤務時間を終えた後、平川さんの部屋へ、誰かが出入りする様子が、防犯カメラに映っていたそうなんです」

「じゃあ、彼は、この札幌に来ているのか。平川の近くには、彼が探している西尾正明もいるだろう」

思わず、松崎の声が、甲高くなった。

由美の電話の声も、自然に大きくなって、

「西尾正明を、平川さんより先に見つけられたら、何とかなりますね」

「札幌市内じゃないな。西尾は、かつて、北海道財務局や北大で働いていたから、札幌に知り合いが多い。顔を見られるのは、嫌だろうから、来ているとしても、札幌の郊外だな。そうだ。一時間後に、もう一度電話をくれ」

松崎は、電話を切ると、北海道の地図を持ってきて、広げた。

自然と石北本線の沿線に、眼が向いた。

札幌市内の都市銀行で働いていた頃、ふと息抜きをする場所といえば、石北本線の沿線だったのだ。

西尾正明も、姿を隠したあと、石北本線の沿線の何処かに住んで、執筆をしているのではないか。

平川修に、かつてこんな話をしたことがある。

六人衆は、一仕事を終えた時、疲れがたまったときに、札幌を離れて、石北本線に足を延ばす、のだと。少くとも、私にとって、特急オホーツクは、特別な電車なのだ、と。

平川がそのことを覚えていたならば、西尾が人目を避ける場所として、石北本線のことを考えるだろう。だとすれば、平川は、石北本線周辺を、探しているのではないのか。

特急オホーツクの停車駅を、指で、なぞってみる。

札幌

岩見沢
美唄
砂川
滝川
深川
旭川
上川
白滝
丸瀬布
遠軽
生田原
留辺蘂
北見
美幌
女満別
網走

この何処かに、西尾正明が隠れていて、そのことに気付き、西尾を探しに、平川が、動いているのなら、こちらも、急がなければならない。松崎は、由美からの再びの電話に、

「明日早朝、札幌駅で落ち合おう。午前六時半がいいな。六時五十六分発の石北本線のオホーツク1号に乗りたい」

と、告げた。

銀行頭取だった頃、何度、特急オホーツクに乗ったかわからない。

二十年の眠りから醒めたあと、由美と、最初に乗った列車も、特急オホーツク1号だった。

翌日、早朝の札幌駅に向って、急ぎながら、何か、因縁じみたものを、特急オホーツクという列車に感じていた。

駅で、由美と一緒になる。

石北本線の何処に行くことになるかわからないので、一応、終点、網走までの切符を買っていた。

北海道独自の緊急事態宣言は解除されていたが、ホームも、オホーツク1号の車内も、客は少かった。

大きな変化といえば、乗客の殆どが、マスクをしていることだろう。

二人の乗った特急オホーツク1号は、定刻の午前六時五十六分に、札幌駅を発車した。

四両編成の、ちょっといかついディーゼル列車である。

松崎たちは、身体をいたわって、2号グリーン車に乗ったのだが、発車のあと、座席から立ち上って、1号車から、4号車までを、見て廻った。この列車に、ひょっとして平川修が、乗っていないかと思ったからである。

しかし、平川の姿はなかった。

「終点の網走に着くまでの間にあと、二、三回車内を見て廻りたいね。途中で、乗ってくる可能性もあるから」

と松崎は、由美に、いった。

平川修には、せめて、最後の殺人を犯させたくないのだ。

しかし、いっこうに、平川は、見つからなかったし、向うから、連絡してくることもなかった。

オホーツク1号の方は、正確に、時刻表通りに、網走に向って走っていく。

北見着。

あとわずかで、終点網走である。
どうやら、この列車には、平川修は、乗っていないらしい。
そう思った次の瞬間、松崎は、
「降りるぞ！」
と、叫んで、立ち上っていた。
出口に向って、走る。
閉まりかけるドアを蹴飛ばす感じで、松崎は、ホームに、飛び降りた。
続けて由美も飛び降りた。が、勢いがついていたので、ホームに倒れてしまう。
列車は、二人をホームに残して、発車して行った。
十一時二十八分。
「いったい、どうしたんです？」
起き上って、由美が、きく。
その声が、少し、とがっている。
ホームに倒れた時、ひざをすりむいた。その痛さの分だけ、とがっているのだ。
「このホームに、平川を見たんで、あわてて降りたんだ」
と、松崎が、ホームを見廻す。

「ホントですか？」

「ああ、平川に間違いない。だから、オホーツク1号に、彼も乗っていたんだよ」

「でも、見かけませんでした」

「私たちが、見廻った時は、トイレに隠れていたんだろう」

「ホームには、いませんよ」

と、由美は、見廻していった。

「もう先に、出てしまったんだ」

「西尾正明も、ここにいるということですか？」

「多分そうだろう。私は、平川に、これ以上、人殺しはさせたくないんだ。だから、平川を見つけよう」

松崎は、平川が、この北見駅で降りたと見て、自分たちも降りることにした。

途中下車の形で、二人は、駅を出た。

改めて、北見は、大きな駅だと思った。何しろ、道東の交通の中心地なのだ。

石北本線の主要駅であるだけでなく、駅を降りて、北見市の広さにも驚いた。

人口約十二万六千。国道39号線、２３８号線、２４２号線、３３３号線などが通っているのだ。

近くに、サロマ湖という観光地もある。

（平川修と西尾正明は、見つかるだろうか？）

松崎は、外れかけたマスクを、つけ直すと、北見の広い空を見上げた。

第六章　最後の対決へ

1

松崎は、とにかく、平川修と西尾正明の二人を見つけたかった。

二人のどちらをということになれば、平川である。松崎のためだといって、次々に殺人を犯しているみたいだが、あと一人残った西尾だけでも、殺させたくない。

平川が、西尾を殺すために、北見で降りたのではないかと、松崎は、疑って、自分も、あわてて、オホーツク1号から降りたのだが、この北見の町を歩き廻って、二人を見つける自信はなかった。

松崎にも、由美にも、捜査権は無いし、北見警察署に行って、事情を話しても、協力して貰えるとは思えない。松崎自身も、警察に疑われている部分があり、嘘をついてもいるからである。

そこで、事情を知っている道警の三宅警部に連絡した。

オホーツク1号に乗っていて、北見駅で平川を見かけたので、あわてて降りたが、見失ったと、伝えた。

「間違いなく、平川修を見たんですね？」

と、念を押してくる。

「だから、私も北見で降りたんです」

「私も、そちらへ行きますから、あなたは、あまり動かないで下さい」

「いつ、来てくれるんですか？」

「今、十二時十六分。一番早い特急オホーツク3号は、札幌発十七時三十分で、北見着は二十二時八分ですね」

「今から、十時間もあとですね。もっと早く来て下さいよ」

「今、時刻表を見ているんですが、十三時札幌発のカムイ17号が一番早いですね。これで、旭川まで行き、旭川で特別快速きたみに乗りかえて、北見には、十八時八分に着きます」

「それ以上、早くは、着けませんか」

「何しろ、北海道の鉄道は赤字続きで、本数は減るばかりでね。ご存知のように、いや、二十年外国へ行っていたから、ご存知ないか。とにかく、あまり動かないでいて下さい」

と、三宅警部は、電話を切った。

松崎は、脅かされて、急に不安になった。

次の列車に平川が乗っていないか確認したあと、平川と、西尾を探すのを止めて、由美と、客の多い北見駅近くのカフェで、三宅警部を待つことにした。

駅の構内を歩く人たちも、やはり、マスク姿が多い。

政府はまだ、緊急事態宣言を出していないが、先月中旬まで北海道独自の緊急事態宣言が出されていたため、駅に集ってくる人の数は、いつもより少い。

やっと、午後六時になり、北見駅に移動して三宅警部を待つことにした。

三宅は、若い刑事一人を連れて到着した。そのあとの行動は、素早かった。すぐ、松崎たちを北見警察署へ連れて行き、事情を説明すると、同じ道警なので、すぐ、十五名の刑事、警官を用意してくれた。

全員に、平川修と西尾正明の写真を渡して、聞き込みを開始したのだが、いっこうに手応えがなかった。

深夜十二時になっても、収穫ゼロで、やむなく、北見署が紹介した駅前のホテルに入った。

翌朝、ホテルの食堂で、朝食をとっていると、三宅警部が、飛び込んできた。

「これからすぐ、釧路へ行きます。松崎さんはどうしますか？」

と、早口で、きく。

「平川と西尾を探さなくていいんですか？」

「もう、その必要はありません。西尾正明と思われる死体が、釧路で発見されたんですよ。当然、平川修も、釧路に行ってる筈です」

「釧路の何処ですか？」

と、松崎は、きいた。

釧路港の埠頭で前に井上潔の遺体が発見されていたからだった。

「釧路港の埠頭です」

と、三宅が、いう。やっぱりだと思った。とたんに、松崎は叫んでいた。

「行きます。行かせて下さい」

2

網走から、釧路行の釧網本線が出ている。

網走発で、知床、摩周（湖）、釧路湿原を走る、完全な観光列車である。

観光地が連《つらな》っているので、特急は走っていない。

一番速い列車は、快速だが、時刻表を見ると、各駅停車に近い。

四人は、その快速「しれとこ摩周号」に、乗った。

十時二十四分網走発で、終点の釧路に着くのは、十三時三十六分である。

車内で、松崎は、三宅警部の質問攻めにあった。

「本当に、平川修を、北見駅で見たんですか？」

と、きく。

「ホームに、平川を見つけたから、由美君と、あわてて降りたんです。そうでなければ、途中の北見で降りたりしませんよ」

「昨日の何時頃ですか？」

「北見で降りたんだから、十一時二十八分の筈です」

「西尾正明は、昨夜、釧路で殺されたんです。網走から、列車で釧路に行ったと思うのです。平川が、犯人だとすれば、ずっと、西尾を尾行していたと思われるんです。そうなると、平川修が、北見で降りたというのが、解《げ》せないんですよ。当然、西尾を追って、北見で降りず、網走まで行き、西尾と同じ釧網本線に乗ったという方が納得できるんですがね。あなたの見違いということは、ありませんか？」

「いや、あれは、間違いなく、秘書の平川君ですよ」

「しかし、二十年間、会ってないんでしょう」

「でも、平川君です」

と、松崎は、頑固に、主張した。そのあと、

「確か、釧路警察署で、初めて三宅さんにお会いしたんでしたね」

「そうです。釧路で二年前の殺人事件の死体の身元が判明して、私が道警本部から捜査を命じられました。私は、すぐ、これは、連続殺人事件の初まりだと予感したんですが、当っていました」

三宅は、少しだが自慢気に、いった。

あの時、釧路港の埠頭上で発見されたのは、井上潔だったと判明し、その後、次々に、松崎の知人が殺されていったから、連続殺人に違いない。

「あの時、三宅さんは、私を疑ったんじゃありませんか」

松崎がきくと、三宅は、

「今でも疑っていますよ。これで、六人衆の中のあなただけが、生き残ったわけですからね」

と、松崎を睨んだ。

釧路駅には、地元釧路署の刑事が、迎えに来ていて、三宅の希望で、すぐ、現場に案内して貰った。

やはり、あの埠頭だった。前には、千トンクラスの貨物船が一隻つながれていたが、今日は、船の姿は一隻もない。コロナが、この埠頭の利用価値をゼロにしてしまったのかも知れない。

地元の刑事が案内したのは、前の事件の時と、同じ場所だった。

「ここで、死体が発見されました。死因は、首を絞められたことによる窒息死で、現在、司法解剖に廻されています」

「身元は、簡単にわかったの？」

と、三宅が、きく。

「背広のポケットから、運転免許証が発見されています」

「死体と一緒に、何か妙なものは見つかっていませんか？　前に、ここで死体が発見された時に番号入りの鍵《キー》が見つかっているんですが」

と、松崎がきいた。

地元の刑事は、ニッコリして、

「私もそのことは覚えていますが、今日は、何もありませんでした」

と、いった。

このあと、釧路警察署で、問題の運転免許証を見せられたが、その時、同じケースに入っていたという写真があるのもわかった。

例の六人衆が、背広、ネクタイ姿で、一緒に写っているものだった。三十数年前の写真だから、いずれも若々しい。

「私も持っていますが、バブル全盛期で、みんな自信満々の時です」

と、松崎が、説明した。

「これを、被害者が、前から持っていたのか、犯人が、殺しておいてから、持たせたのかで、意味が、違ってきますね」

と、三宅が、いった。

「それもあって、写真の指紋を調べてみましたが、はっきりした指紋は検出されませんでした」

と、いう答えがあった。

しかし、これでは犯人が、自分の指紋を拭きとって、入れておいたとも考えられるが、被害者本人が、きれいに拭いて、自分の免許証のケースに入れておいたことも、ありうるのだ。

午後になって、東京から、十津川が、亀井刑事と、空路を使って、到着した。

その頃には、司法解剖の結果も出ていたのだが、それが、議論のもとになっていた。

死亡推定時刻である。

司法解剖の結果、西尾正明の死亡推定時刻は、

四月三日、十九時（午後七時）から、二十時（午後八時）の間。

これに従って、当日の西尾正明の行動が、推測された。

四月三日、西尾正明は、札幌発六時五十六分の網走行の特急オホーツク1号に乗っていたと思われる。

理由は、松崎の目撃証言により、彼を追っていた平川修も、同じ列車に乗っていたと思われるからだ。ところが、平川は、何故、北見でオホーツク1号を降りてしまったのか。

西尾の方は、オホーツク1号で、終点の網走まで行き、網走発釧路行の釧網本線に乗りかえて釧路に向ったのだろう。

ただ、釧網本線を走る列車は、本数が少い。

オホーツク1号の網走着は、十二時十七分。

このため、網走発釧路行の釧網本線で、乗れる列車は、十五時十分網走発の列車だけなのだ。

これに乗ると、釧路着は十八時四十五分（午後六時四十五分）、そこで犯人に捕って、埠頭に連れて行かれて殺されたとすると、十九時から二十時ぐらいとなって、死亡推定時刻と、ぴったり一致する。

これは、犯人が、釧網本線の同じ列車に乗っていたとしてである。

ところが、本命の平川修は、何故か、オホーツク1号から、北見で降りてしまっているのだ。

被害者の西尾正明が、同じオホーツク1号に乗っていて、ひそかに網走で乗りかえ、釧路まで、尾行していって、埠頭で殺したと考えるのが一番自然で、納得がいくのだが、平川修は、何故、北見で降りてしまったのか。

道警の三宅警部は、犯人は、あくまでも、平川修で、北見で降りたのは別人で、見違えたのだろうと、何度も、しつこく聞くのだが、松崎は、がんとして、あれは、平川修だったと主張し続けている。

そうなると、平川は、いったん北見で降りたが、次の列車で、網走に行き、網走で、西尾と同じ十五時十分発釧路行の普通列車に乗ったことになる。

時刻表を見ると、北見十三時四十三分発の普通列車があって、これに乗れば、網走着十四時五十一分で、十五時十分網走発の釧路行に間に合うのだ。この列車は二両連結である。

ところが、北見で平川を見つけた松崎は、由美と二人、自分たちも北見で降りて、平川を探している。この北見発の普通列車も調べていて、発車の時、平川が、乗っていないことを、確認しているのだ。二両編成だから簡単に確認できたという。その次の列車になると、北見発十五時ちょうどの同じく普通列車で、網走着十六時五分で、これでは間に合わない。

あとは、タクシーで追いかけたのではないかということになるのだが、上手くタクシーがつかまるかとか、西尾が、釧網本線で釧路に着く時間、十八時四十五分までに、着けるかどうかの問題が出てくる。

十津川が、釧路署に着いたのは、そんな時だった。

3

民間人がいるので、捜査会議というわけにはいかず、署内の会議室を使って、軽食をとりながら、話し合った。

まず、三宅警部が、口を開いた。

「今回、西尾正明が殺されたことで、いわゆる六人衆の五人が死亡し、松崎公平さん一人が生き残っています。当然、松崎さんが、容疑者となりますが、もう一人、平川修という容疑者がいます。松崎さんには、他の五人を殺す動機があるが、松崎さんの秘書に過ぎない平川には、強い動機があるとは思えない。それなのに、彼が本命と思われる理由は、何か、これは、ぜひ、松崎さんに聞きたい。あなたが、納得出来る理由をいってくれないと、あなたが、平川修を使って、殺させていると解釈しますよ」

と、三宅は、松崎を脅した。

松崎は、一瞬、助けを求めるように、十津川を見た。が、

「私も、ぜひ、理由を知りたいですね」

と、十津川も、同じ要求をした。

松崎は、一瞬、戸惑っている感じだったが、

「それでは、私と平川修の関係を正直に話したいと思います。三十数年前に、平川を秘書として傭ったんですが、いろいろとあって、私は外国に逃げました。ただ、平川との関係は、そのままにしていたんです。これは、私の怠慢です。私は、自分の銀行預金から、自動振込みで、平川に給料を払っていたんですが、解約の手続きをせずに、外国に逃げてしまったのです。私はそのことに気がつきませんでした。二十年ぶりに、日本に帰ってきて、すぐ、平川に連絡を取ろうとしましたが、彼は行方不明で、駄目でした。そこで、新しいスマホを手に入れ、そのナンバーを広くネット上にも公開して彼からの連絡を待つことにしたら、平川のメッセージが入ったんですが、その内容に、私は、愕然《がくぜん》としました。とにかく、それを見て下さい」

松崎は、二人の刑事に、そのメッセージを、見せた。

「ご覧のように、私のミスで、秘書の給料を払い続けたことに、勝手に恩義を感じ、私に代って、五人を殺していくと、誓っているのです。確かに私は、五人の企みで、一人だけ刑務所に入れられました。五人に謝罪して貰いたいとは思っていますが、殺す気はないのです。それなのに、平川はメッセージで、最後に、西尾正明を殺すと宣言しているのです。私は、何とか、それだけでも止めたかった。西尾の行き先を考え

た末に、四月三日に、オホーツク1号に秘書の由美君と乗ってみました。そうしたら、偶然、平川を北見駅で見かけたので、私は由美君とあわてて下車しましたが、平川は、見つかりませんでした。そうして、西尾正明が、釧路で死体で見つかったのです」

「犯人は、平川修だと思っていますか？」

と、三宅が、きいた。

「直感的に、平川に違いないと思いました。しかし、北見駅で、平川を見ていますからね。果して、彼に、時間的に、西尾正明殺しが可能だったかどうか、わからないのです」

「平川修が犯人だとして、今、どんな気持か教えて下さい」

と、三宅が、いった。

松崎は、コーヒーを一口、口にしてから、

「平川にいいたい。一刻も早く自首して欲しい。それに、平川が、殺人に走った原因は、私にもあると思うので、その責任は、いさぎよく負う積りでいます」

「それなら、新聞に、平川修に対して、一刻も早い呼びかけをする積りはありますか？」

「そうですね。喜んで」

と、松崎は、いった。

翌日の北海道新聞に、その「呼びかけ」がのった。

十津川は、札幌に戻るという松崎と、ホテル内で、二人だけで会った。どうしても、二人だけで話したいことがあったからだった。

「今も、よく、A・ヘンリーに会っていますか？」

と、まず、きいた。

「いや、ミスター・ヘンリーは、最近、CDCのアジア地区の責任者として、米軍関係のコロナ感染を調べていて、忙しいらしく、なかなか、会えません」

「私としては、あなたと、A・ヘンリーと三人だけで、ぜひ会いたいのですよ。会って、今回の一連の事件について、話し合いたいと思っているのです。何とか、三人で会えるように、取り計って欲しい。これは、A・ヘンリーのためでもあると伝えて下さい」

「しかし、今、いったように、彼は、アメリカの軍関係の仕事で忙しいと思うので、難しいと思いますよ」

と、松崎は、尻込みをする。

十津川は、急に、眼を光らせて、

「実は、あなたとA・ヘンリーのことで、一つの重大なストーリィを考えているんですよ。それを話せば、彼が、三人での話し合いに、オーケイすると思いますよ」

「よくわかりませんが――」

「とにかく、聞いて下さい。これは、A・ヘンリーが、三人の話し合いを断った時に聞かせてくれればいいんです」

「十津川さんが、頭の中で考えた話なんでしょう？」

「そうですが、効き目はあると思いますよ」

十津川は、微笑した。

「とにかく、聞かせて下さい」

と、松崎は、あいまいな笑い方をした。

4

「松崎さんは、二十年間、外国に逃げていたといわれた。昨夜も、同じことをいっていましたね。その二十年間、自分のミスで、平川修に、秘書の給料を払い続けていたのを、向うが勝手に深く恩義に感じて、あなたに代って、連続殺人を犯してしまったと」

「だから、困っているんです」

「しかし、私がいくら調べても、あなたの出入国記録は見つからないのですよ」

「それは、多分、事務的な記入洩れですよ」

「念のために、何回も調べましたが、見つかりませんでした」

「それはですね――」

「まあ、聞いて下さい。私は、二つの可能性を考え、二つのストーリィを作ってみました。一つは、実際には、外国には出ずに日本にいたというケース。もう一つは、出入国の記録には載らずに、外国に出ていたのではないかということです。第一の考えは、失礼ながら、松崎さんは、北海道の有名銀行の元頭取で、バブル崩壊の時、刑事責任を問われ一年半刑務所暮しをされた。ある意味有名人です。そんな人間が、二十年もの間、全く知られずに暮すことが可能だとは、とても思えない。私は、わからなくなりました。どう考えたらいいのかわからないのです。そんな時、最近の新聞に、こんな記事がのりました」

十津川は、手帳を取り出し、そこに貼りつけた新聞記事の切り抜きを、松崎に見せた。

アメリカのUPI電の短かい記事だった。

（UPI電）最近宇宙旅行について、一つの発見があった。人間をほぼ二十年間眠らせることに成功したので、宇宙旅行の最大の問題「時間」を解決したというのである。発表したのは、USスポークスの研究所である。

「このUSスポークスという会社ですが、調べたところ、二十年ほど前から日本の札幌に支社があって、現在、支社長は、A・ヘンリーになっているのです。そこで、私は、次のようなストーリィを考えてみたのです。あなたは、姿を消したくて、A・ヘンリーに、二十年間の睡眠実験に使ってくれと頼んだのではないか。A・ヘンリーとしても、この実験に成功すれば、ヒーローになれるので、オーケイした。問題は、どこで二十年間もの長い実験が行われたかです。札幌のUSスポークスの支社内の実験室が使われたのか、アメリカ本国で実験が続けられたのか、或いは、途中で問題が出て、研究体として、日本からアメリカに運ばれたのか。それはわからないが、実験のための物体として、ひそかに運搬されていたとすれば、あなたの消息が、全く聞こえなかったとしても、不思議はないのです。途中で問題が生れて、アメリカに運ばれたとしても、アメリカ軍の軍用機が使われていれば、出入国記録に触れません。なお、このUSスポークスという企業を調べてみると、アメリカ的な軍産複合体の典型的な存在で、軍の影響力の強い会社です。会社の幹部の多くが、元アメリカ軍の将官で占められています。A・ヘンリーが、現在、アメリカ軍のコロナ問題を調べているのも、その現われの一つだと思っています」

「私は、今の話は、全く知りませんよ」

と、松崎は、甲高い声を出した。

顔が少し青ざめている。

十津川は、また、微笑した。

「それでいいんです。私が勝手に作ったストーリィですから。ただし、A・ヘンリーと連絡がとれたら、必ず、この話をして下さい。向うから、私に会いたい、三人で話をしたいと、いってくる筈です」

「もし、彼が、関係ないといって、さっさと、アメリカに帰ってしまったら、どうしますか?」

松崎が、挑むように、十津川を見た。

「それはないと思いますがね。そうですね、A・ヘンリーにこういって下さい。下手をすると、日米間に、小さい傷を作るかも知れませんよと」

十津川がいうと、松崎は黙ってしまった。

5

平川修は、見つからない。

彼の捜査は、いったん、道警本部に委せて、十津川は、東京に帰ることにした。

しかし、上司への報告は、亀井に委せて、十津川は、そのまま、京都に向った。

京都府警の寺井警部に会うためだった。

寺井は、待ち兼ねた感じで、十津川を迎え、夕食をおごってくれることになった。

石塀《いしべ》小路にある小さいが、名亭で通っている店を、予約してあった。

京都の料理人というと、吉兆やたん熊で修業した人が多く、その人たちが、独立して、市内に小さな店を持つ。

吉兆やたん熊に比べて、安いし、料理の腕はホンモノだから、気楽に行くことができる。

今日の「石景」という店も、主人は、吉兆で修業していて、個室が三部屋だけの造りで、一日三組しか客を取らない。

その個室で、十津川は寺井と夕食を取った。

「実は、私も釧路に行く積りだったんですが、こちらで、ごたごたがありましてね」

と、寺井が、いう。

「駒井病院で起きた殺人事件ですね」

「そうなんです。いかにも京都らしく、逃げた犯人のことより、何故、入院患者の長谷川敏の名前が、洩れたのかが問題になりましてね。その方の犯人探しで、ごたついてしまったのですよ」

と、寺井は、苦笑する。

「今回の一連の事件に、A・ヘンリーというアメリカ人が、関係しているのです」

と、十津川は、いった。

「彼は、現在、CDCのアジア地区の責任者として、駐日アメリカ軍のコロナ問題を調査しています」

「確か、佐世保に繋留《けいりゅう》されている空母G・ワシントンの乗組員の感染状況が、調査されたという新聞記事を読んだことがありますよ」

「そのA・ヘンリーが、日本の厚生労働省に電話して、アメリカ軍人と日本人の接触状況について調べている。そこで、現在、コロナ専門病院に入院している日本人の名前と経歴を教えて欲しいといえば、厚労省の方は、喜んで教えます。多分、その線で、長谷川敏こと立木敏が、駒井病院に入院していることが、わかってしまったんだと思います」

「しかし犯人は、アメリカ人の筈がありませんよ」

「犯人は、自称外山恵吾こと平川修です」

「平川修といえば、釧路で、五人目の西尾正明を殺した犯人は、平川修と決ったみたいですね」

「今、道警は、全力をあげて、平川修を探しています」

「見つかりそうですか？」

寺井が、きく。十津川は、「そうですねえ」と、考えてから、

「簡単に見つかるか、逆に永久に見つからないかでしょうね」

と、いった。

そのあと、自然に、コロナの話になり、寺井が、用意してくれていた三条のKホテルに移動してからも、そこのロビーで話し合いが続けられた。

コロナの発生地、中国の武漢市では、一月末に、都市封鎖をやったが、日本では、

まだどこか対岸の火事である。

四月一日に、政府が、五千万余の全世帯に二枚ずつマスクを配布すると発表したが、政府が決めたコロナ対策は、このくらいである。

コロナ対策の最前線にいる筈の厚労省はといえば、もっとも必要なPCR検査は、簡単には受けられないようにしている。

三七度五分以上の発熱が四日以上続くことといった条件をつけたので、検査を受けられない人が、続出しているのだ。

「うちの親戚の男が、三九度の高熱と、激しいセキに襲われましてね。保健所の相談センターに、三時間、かけ続けたが、つながらなかったというのです」

と、寺井がいう。

「結局、保健所と連絡が取れたのは、六日目で、検査は受けられませんでした」

「しかし、京都は、文化都市で、医療施設も整っているから、安心でしょう。天下の京大医学部もあるんだから」

十津川がいうと、寺井は、笑って、

「それで、面白い話があるんですよ。ノーベル賞を受賞した有名な京大の先生がPCR検査が増えないことに、業を煮やして、政府関係者に、進言したことがあるんですよ。増えないのは、人手や設備が足りないからだという政府に対して、『それなら、全国の大学の研究所などを使って下さい。全員、ＰＣＲ検査が出来るし、その設備もあります。大学の研究所などを動員すれば、今の十倍は、検査が可能ですよ』と。私はその記事を見て、笑いましたよ。こりゃあ、ノーベル賞先生の進言でも、政府が、いい顔する筈がないと思いましてね。十津川さんにもわかるでしょう？」

「いや、ノーベル賞の先生の進言だから、政府も喜んで受け入れるんじゃないかと思うんですが」

「その先生は、純粋に学問的に考えて、進言したんだと思いますが、相手は、権力の代表みたいな政治家たちですからね」

「よくわかりませんが」

「政治家の縄張り意識ですよ。保健所や一般病院は、厚労省の管轄ですが、大学の研究所は文科省の管轄です。厚労大臣が、文科大臣に頭を下げてお願いしますなんて、いう筈がないでしょう。だからこれは駄目だと、笑ってしまったんです」

「なるほど」

十津川も、釣られて笑ってしまったが、自分も、縄張り意識の強い警察の人間である。

刑事と公安は、仲が悪いといわれるし、警視庁と、地方の警察も仲が悪いといわれる。十津川自身は、そんな感じはないのだが、一般人の眼には、そう見られているのかも知れないのだ。

寺井警部が帰り、十津川は、自分の部屋に入った。

松崎からの返事は、まだ入って来ない。

亀井に電話してみる。道警から、平川修逮捕の報告は、まだ、入っていないという。

コイツは、予想どおりだった。

翌朝、部屋に配られた新聞の一面には、釧路の殺人事件が、大見出しで、報道されていた。

解禁になったのだ。

北海道警本部長の談話になっていた。

多分、丸一日報道の形を考えてから、記者会見をしたのだろう。

「道警を驚かせた連続殺人事件！」

それが、見出しだった。

十津川は、その新聞を持って、一階の食堂まで下りて行き、朝食をとりながら、記事に眼を通した。

三十数年前、北海道で、若手の経済人として有名だった五人の中の四人が次々に殺され、一人が、マンション火事で死亡した。

五人の名前も出ているが、「六人衆」の文字はないし、六人目の松崎公平の名前も、のっていなかった。

一人だけ残ったとなれば、当然、疑われる。それを考慮して、道警が、松崎の名前を発表しなかったのだろう。

容疑者、平川修の名前は、のっていた。

「北海道遠軽の生れで、現在五十九歳。地元高校を卒業後、札幌に出て、苦労して大学を卒業後、銀行頭取の秘書として働いていたことは、わかっている。ただ、何故、五人を殺そうと考えたのか、動機は、はっきりしない」

と、あった。

松崎のスマホにあった、平川修のメッセージについては、全く、のっていなかった。

この日も、十津川は、東京に帰らず、京都にいた。

松崎から連絡があった時、ひとりで、対応したかったからである。

平川修は、いぜんとして、逮捕されなかった。が、平川が犯人だと考えた時、釧路で、時間的に、西尾正明を殺せるかという謎は、あっさりと、答えが見つかったという報告が、道警からあった。

平川修は、石北本線の遠軽の生れということからの推理だという。

道警の三宅警部が、得意気に、電話してきたのである。

「平川修と、殺された西尾正明は、当日のオホーツク1号に乗っていたと考えたのです。二人は車内で話をしていた。西尾は、ひょっとすると、この男が、他の四人を狙い、三人を殺したのではないかと疑ったと思うのです。ところが、北見で、平川がさっさと降りてしまったので、西尾は、ほっとした筈です。安心して、網走で乗りかえて、釧網本線で、釧路に向った。ところが、わざと北見で降りた平川は、他の手段で、釧路に先廻り出来ることを、知っていたのです」

「鉄道を使わずにですか？」

十津川は、興味を持って、きいた。

「そうなんですよ」

と、三宅は、電話の向うで、嬉しそうにいう。

「そこに、大判の時刻表がありますか？」

「ちょっと待って下さい。借りて来ます」

ロビーでコーヒーを飲んでいた十津川は、フロントへ行き、大判のＪＲ時刻表を借りて来た。

「その七六七ページを見て下さい」

相変わらず、三宅は、嬉しそうにいう。十津川の方も、楽しくなって、七六七ページを開いた。

「ハイウェイバスのページで、そこに、釧路—北見の時刻表が、のっています。北見—釧路間に、往復二便のハイウェイバスが、運行されています。二便目が、北見発十五時ちょうどですから、十一時二十八分に、北見で降りた平川修は、ゆっくり乗ることが、出来ます」

北見ＢＴ	15：00
↓	
阿寒湖ＢＣ	16：10
↓	
釧路駅前	17：58
↓	
ＭＯＯ ＢＴ	18：00
↓	
阿寒バス本社	18：20

確かに、その通りの時刻表だった。

「ＢＴというのはバス停ですね」

と、十津川は、時刻表を見ながら、いった。

「いや、バスターミナル。ＢＣはバスセンターです。一応、乗ってきました。ＭＯＯというのは、そこに書いてあるように、複合商業施設です。豪華バスで、北見から釧路駅前ターミナルまで三時間、途中、阿寒湖バスセンターで休憩があります」

「それで、事件当日、平川修は、このバスに乗っていたんですか？」

「間違いなく乗っていました。本名の平川修ではなく、京都の駒井病院で使った外山恵吾の偽名で申し込んでいます。これで、西尾正明殺しは、平川修の犯行と確定しました」

と、最後まで、三宅は、嬉しそうだった。

しかし、まだ、平川修は、捕っていないのだ。

三宅からの電話が切れたので、十津川は、もう一度、時刻表を見直した。

三宅警部は、平川修の釧路行のルートを見つけて嬉しそうだが、十津川は、別の思いを感じていた。

ハイウェイバスのページ、北見―釧路のところには、「予約定員制」とある。

現在、コロナ問題があるから、当日予約でも乗れたに違いない。

しかし、バスだから、乗客の数は、たかが知れている。顔は、簡単に運転手に覚えられてしまうだろう。三時間も乗っていて、途中で、一休みしているのだ。

その上、平川は、京都の駒井病院で使ったのと同じ「外山恵吾」の偽名を使っている。

平川は、上手く、ハイウェイバスを使って、西尾の先廻りをしているのだが、それを隠そうとしていないのである。

絶対に捕らないという自信があるのか。

逮捕されても、構わないと、覚悟を決めているのか。

十津川が、そんな疑問を感じている頃、捜査本部の置かれた釧路警察署でも、似たような疑問に襲われていた。

釧路警察署に捜査本部が置かれるのは、二度目である。

最初は、釧路港の埠頭で、井上潔の遺体が発見された事件だった。

そして、今回、同じ埠頭で、西尾正明が、殺された。

そこで、道警本部から新しく、木下《きのした》という警部が、七名の刑事と一緒に、派遣されてきた。

これで、捜査本部には、道警本部から、三宅と、木下の二人の警部が、派遣されてきたことになる。

事件は、連続殺人と判断され、平川修という同一犯人と決って、自然に、三宅警部が、捜査を指揮する形になった。

三宅は、西尾正明殺しについても、犯人平川修のアリバイ崩しについて考えた末に、北見発のハイウェイバスの時刻表に気付いて、面目をほどこした。

その前から、捜査本部は、北海道全域に、非常線を張っていた。

犯人平川修の、北海道からの脱出を防ぐためである。それは、彼がコロナの感染者だからということもあった。

道内からの出口に、警官が、張りついた。

空港、港湾だけではない。

北海道新幹線の始発駅、新函館北斗《しんはこだてほくと》駅にも、また漁船を使っての逃亡も考えられるので、主な漁港にも、警官が出かけていった。

だが、平川修は、その網に引っかかって来ない。

平川修の写真が、二十年前のものしか手に入らない時もあったが、今は、京都の駒井病院に入院した時のものがあって、それがプリントされて、捜査員に持たされている。

平川修の服装については、北見駅で目撃した松崎公平の証言があった。

きちんとしたグレイの背広姿で、ネクタイは、サラリーマンらしく、スタンダードな縞模様、それに、白いマスクをしていたというものだった。

この服装は、北見—釧路間のバスの運転手の証言によって、確認された。

もちろん、コロナの感染者であることもしっかりと、通告された。

それにも拘らず、平川修は捕らない。すでに、三日目である。

警察は、北海道からの出口を、押える一方、現場の釧路港埠頭を中心に、捜査の輪を広げていった。

だが、その輪に平川修が、引っ掛らないのだ。

釧路署長が設けた捜査会議では、このことが、議論の的になった。

何故、平川修が逮捕できないのか。その理由について、いくつかの推理が生れた。

一つ目は、自殺説である。

平川は、今回の西尾正明を入れて四人を殺害している。捕れば、死刑はまぬかれない。また、松崎公平のために、五人を殺すと宣言し、一人は、マンション火事で死亡したが、あとの四人は殺している。

約束した殺人は完成し、その上、死刑はまぬかれぬと考え、埠頭近くにあったボートで、沖に出て、投身自殺をしたのではないか。

潮の流れから死体は、沖に流れ出てわからなくなったのではないか。

二つ目は、共犯説である。

平川には、強力な共犯者がいた。その共犯者は、前もって、現場近くに、モーターボートを用意しておき、西尾正明の死体が発見される前に、平川修を、北海道の外に逃がしてしまったのではないか。

三つ目は、一連の殺人事件には、首謀者がいて、平川修は、その首謀者に金で傭われた殺し屋に過ぎないという説である。

最後の西尾正明を殺した今、殺し屋の平川修を生かしておく必要はない。そこで、首謀者は、平川を殺して、彼の口を封じたのではないか。平川の死体は、釧路周辺の何処かに、埋められているに違いない。

この説を取ると、一番怪しいのは、松崎公平ということになる。

松崎は、五人を殺す動機を持っているし、平川修を秘書として傭っている。しかも、平川は、松崎のスマホに、あなたの仇を討つために、西尾正明を殺すというメッセージを送っているのである。

この三つの推理には、それぞれ、弱点があった。

第一の自殺説だが、平川修が、自分のために、何か動機があって、連続殺人を犯したとは、考えにくい。誰かに頼まれての殺人なら、五人目の西尾正明を殺しても、満足感はないだろう。

そんな人間が、自殺を考えることはなくて、殺人を頼んだ相手から金を貰って、逃亡することを考えるだろう。

第二の共犯説だが、この推理の欠点は、共犯者の姿が、全く見えて来ないことである。第一から、第四の殺人まで、平川の単独犯に見えることなのだ。それにも拘らず、平川自身のためではなくて、誰かのために、殺しているとしか思えない。と、すると、共犯者ではなくて、首謀者がいて、その人間に頼まれて、殺人を続けてきたとしか考えられないのだ。

姿の見えない首謀者がいると考えると、そんな人間が、自分が使って殺しをやらせていた平川修を、簡単に逃がすとは思えない。一番考えられるのは、平川修の口を封じることの筈である。

そう考えると既に、殺されているという説の方が、納得できるのだが、この説にも、欠点があった。

まず時間である。

西尾正明の死亡推定時刻は、十九時（午後七時）から二十時（午後八時）である。

その中の一番早い午後七時に死んだと考えてみよう。この時間には、犯人の平川も、現場にいた筈である。翌朝の午前六時には、明るくなって死体が発見されて、地元の警察が動き出しているから、当日の午後七時から、翌朝の午前六時までの十一時間の間に、平川修を殺して、死体を隠さなければならないのである。時間が短かすぎるのではないか。

場所の問題もある。

首謀者が、最初から、平川に西尾を殺させておいて、平川も殺す気なら、埠頭を殺人場所に選ばないだろう。前もって、何処かに穴を掘っておいて、その近くで、西尾正明を殺させればいいのである。

仕事を終えた平川を、すぐ近くの穴に埋めれば、時間の問題もなくなる。

第三の説は、第一、第二の説と絡んでくるのだが、今のところ、首謀者らしき人物は、松崎公平である。

しかし、その松崎が、どうにも、首謀者らしくない。確かに五人を恨んでいたとしても、二十年以上前の話である。殺したいほどの憎しみがあったのなら、二十年の間に、それらしい動きがある筈なのに、全くそれがないのである。そんな人間が、二十数年間、憎悪を持ち続けて、二十数年後、突然、元秘書の平川修を使って、五人もの人間（実際には四人）を、殺させるだろうか。

捜査会議で、いくつもの疑問が出たが、平川修の逮捕のために、刑事を張りつけた道内の空港、港湾、駅から、彼等を引き揚げさせるわけには、いかなかった。

現場周辺の聞き込みも、続けざるを得ない。

平川修が、発見されるまでは――。

6

十津川は、京都から動かなかった。

東京の亀井とは、電話連絡はとっているが、あえて京都に呼ぶことはしなかった。

京都府警に泊ることもせず、三条のホテルに泊り続けた。

いずれも、松崎や、Ａ・ヘンリーが電話をかけやすくするためだった。

松崎に、Ａ・ヘンリーへの伝言を頼んだあと、自分が、盗撮されているかも知れないという気持もあった。

それも予想して、東京に帰らず、京都に一人でいること、府警本部ではなく、三条のホテルにいることを、示したかったのである。

その甲斐があった。

ホテルのロビーで、コーヒーを飲みながら、新聞に眼を通している時に、彼のスマホが鳴った。

「松崎です」

と、緊張した男の声が、いった。

「十津川です。今、京都のホテルです」

「ミスター・ヘンリーですが、やっと連絡がついたので、十津川さんの伝言を伝えました。彼も、前から、十津川さんに会いたいと思っていたそうで、三人で会うことを、オーケイしてくれたんですが、彼は何しろ忙しい人で」

「わかっています。CDCのアジア地区の責任者でしたね」

「それで、京都まで行く時間がないので、彼の希望する所へ来て頂きたいというのです」

「構いませんよ。何処へ行ったらいいんですか？」

「京都から、新幹線で、岩国まで来て頂きたいのです。新幹線の駅は、新岩国になりますが」

「岩国というと、米軍の大きな航空基地のあるところですね」

十津川がいうと、松崎は、

「いえ、基地に来て頂くわけじゃありません。岩国市内のニューグランドホテル岩国のロビーで、明日の十三時に、お待ちしているそうです」

「十三時？」

「あ、午後一時です」

松崎は、あわてて、いい直した。

十津川は、笑った。アメリカ軍も、旧日本軍みたいに、十三時といったいい方をするのか。

「松崎さん。あなたも、岩国へ来てくれるんでしょうね？」

十津川は、念を押した。

「もちろん、ご一緒します。ミスター・ヘンリーも、私の同席を歓迎していますから」

「では、明日、十三時に、ニューグランドホテル岩国のロビーで」

「明日、よろしく」

と、松崎は、いったあと、

「平川は、まだ、見つからないみたいですね」

「心配ですか？」

「彼が、人を殺すようになったことには、私にも、責任がありますから」

「そのことについても、明日、話し合いましょう」

「え？」

と、松崎が、いいかけたが、十津川は、構わず、切ってしまった。

第七章　敵《エネミイ》の顔

1

岩国市は、人口十三万。錦帯橋《きんたいきょう》で有名だが、同時に、米軍の航空基地と、石油コンビナートでも有名である。

沖縄から、時々、米軍機が飛来することもある。最新鋭ステルス戦闘機Ｆ22が、来たこともあるし、先日は、問題の双発の輸送機もやって来た。

今日は、十津川は、約束の十三時に、市内のニューグランドホテル岩国で、Ａ・ヘンリーと、松崎を待った。

二人は、十三時ちょうどに背広姿で現われた。

「米軍の軍用機を使ったので、正確に沖縄から岩国基地に到着できて、約束に間に合いました」

と、ヘンリーが笑顔で、いう。

「現在、どういう身分なのか教えて貰えませんか。ミスターと呼んでいいのか、サーと呼ぶべきか、迷いますから」

十津川は、真面目にきいた。今日は、正面から、ぶつかるつもりだった。

ヘンリーは、笑って、

「ヘンリーと呼んでくれればいいですよ」

と、いったが、十津川は、ニコリともせず、

「今日は、今回の一連の事件について、正直に話し合いたいと思っています。従って全てを、明確にして議論を戦わせたいのですよ」

と、いった。ヘンリーも、十津川のただならぬ様子に、笑いを消した。

「私は、現在、CDCのアジア地区の責任者で、特に、軍関係のコロナの実状を調べているので、一応、軍医少佐と同等の肩書きを貰っています。日本語でいえば、軍属ですかね。アーミイ・シビリアン、ネイビー・シビリアンですかね」

「つまり、日米地位協定に守られていて、日本の法律には縛られない所にいるわけでしょうか」

「まあ、そうでないと、世界中の米軍基地を、自由に飛び廻れませんからね」

「二十年前も、同じような地位にいたんじゃありませんか。少くとも、米軍の宇宙戦略に関係していたのは、間違いないでしょう。今様にいえば、アメリカ宇宙軍にいたんじゃありませんか。正直にいって下さい」

「うちの会社自体が、軍産複合体の典型で、半分以上、軍関係の仕事でしたからね。仕事をやり易くするために、今と同じように、一時的に陸軍少佐とか空軍少佐という肩書きを貰うこともありましたよ。今でこそ、民間の宇宙旅行といっていますが、二十年前は、殆ど、宇宙船の乗組員は、軍人でしたからね。それは、アメリカだけじゃない。ライバルのロシアなんかは、全員軍人でしたからね」

「松崎さん」

と、十津川は、急に松崎に眼を向けて、

「あなたは、ミスター・ヘンリーが、こんな身分の、肩書きつきの人間だと知って、つき合っていましたか？」

と、きいた。松崎は、明らかに、戸惑いを見せて、

「フランクなアメリカの友人としか考えていませんでしたよ。それで、十分ですから」

「二十年前、あなたは、一年半の刑務所暮しを了《お》えて、シャバに戻ってきた。人間関

係が嫌になって、友人のヘンリーに、二十年間、人工睡眠に入らせてくれないかと頼んだ。全部調べているんですから、正直に答えて下さい。二十年間、外国、アメリカにいたというのが、嘘だと、もうわかっているんです。わからないのは、アメリカ側が、簡単にこの実験を始めたことなんですよ。アメリカとロシアの宇宙競争の激しい時に」

「それは——」

と、松崎が、話しかけるのを、ヘンリーが、手で制して、

「私が説明した方が早いでしょう。十津川さんが、いうように、あの頃、ロシアとの宇宙競争の最中でね。アメリカとしては、何とか一歩先を行きたかった。その一つが、宇宙旅行です。ところが、これが、簡単にはいかないのです。問題は、時間です。同じ太陽系の火星へ行く場合でも二百五十日かかってしまうのです。往復で、一年半です。太陽系を出て、第二の地球を探すとなったら、何年かかるかわからない。といって、宇宙船のスピードをこれ以上あげるのは難しいとなれば、唯一の可能性は、人工睡眠です。二十年間、眠らせることが出来れば、二十年の宇宙旅行が可能ですからね。そこで、その研究は、当時の二十一世紀研究所に委されたんです」

「確認しておきますが、この研究、実験は、アメリカ軍と、ロシア軍との争いでもあ

ったわけでしょう?」

「そうです。当時は、お互いに軍の威信が、かかっていたし、実験成功は、即、お互いの軍事力の象徴でしたから」

「それで、二十年間の人工睡眠に成功しましたか?」

「その前に、実験材料を誰にするか、悩みましたよ。地味で、失敗すれば、死を招く実験ですからね。迷っている時に、ミスター・松崎が、出所してきたんです。友人も信じられなくなって、他人との関係を絶ちたがっている人間です。しかも年齢は四十代。健康、独身、恰好の実験材料だと思いましたね」

「その実験は見事に成功したんですよ。私は、計画どおり、二〇二〇年二月二十二日二時二十二分二十二秒と、その時間、ぴったりに、目覚めたんですから」

松崎が、嬉しそうに、いう。

十津川は、じっと、ヘンリーを見た。案の定、ヘンリーは、苦笑して、

「そんなに簡単な実験ではありませんでした。実は、しばしば、行き詰って、そんな時は、ミスター・松崎をひそかにアメリカ本社に運びました」

「その時には、軍関係の貨物機で運んだんじゃありませんか。しかも、実験材料として。そうでなければ、出入国の記録に、松崎公平の名前が一回も残っていない説明が

つかない」

「海外へ運び出す時は、沖縄の基地を利用したことが、多かったですね」

「しかし、二十年間の睡眠は成功したんでしょう？　私は、人類で初めて、成功した人間だということが、人生最大の自慢なんですから」

と、松崎が、いった。

「そうなんですか？」

逆に、十津川が、ヘンリーにきいた。

「人間の持続睡眠なんて、簡単に出来るものじゃありません。二十年どころか、五年でも難しい」

と、ヘンリーが、いう。

「じゃあ、私の二十年間の睡眠は、嘘だったんですか？　私は一度も目覚めた記憶がないんですが」

松崎が、十津川と、ヘンリーの顔を等分に見ている。

ヘンリーが先に笑った。

「あなたは、モデルとしては、大変優秀で、うちの会社も、軍も満足していましたよ」

「それは、どういう意味ですか？」

さすがに、ここに来て、松崎は、自分の甘さに気付き始めたらしい。

「私が、モデルを希望したら、あなたは金は必要ない、友情で引き受けると、いった。確かに、私の預金は、全く減らなかった」

「それは、約束したからですよ。しかし、アメリカの企業は、シビアだし、軍部はなおさらですよ。国民に成果を発表して、収支が合うことを証明しなければいけませんからね。従って、あなたが、実験材料として、ペイしたかどうかに、アメリカは、軍官民揃って、神経を尖らせていました。だから、あなたという実験材料を使ってあらゆる実験をした。長期睡眠実験は、その一部でしかなかった」

「しかし、私は、ずっと二十年間、眠り続けていましたよ」

「それでいいんです」

「それでいいとは、どういうことですか？」

「一つだけ教えてあげましょう。あなたは、何年間か、アラスカの寒村で過ごしていたんです」

「覚えていません」

「それで、いいんです。われわれは、あなたの肉体が傷つく以外のあらゆる実験をしました。それは、あなたを守るためです」

ヘンリーは、ここに来て、少しばかり自分の立場を、二人に向って強く打ち出す必要を感じたらしい。

「ミスター・松崎を含めて、日本人は、何故か、自分を中心にして、世界を見る癖がある。われわれが、彼の肉体を使って、さまざまな実験を始めたことに、ロシアと中国が、気付き始めたのです。そこで、われわれは、ミスター・松崎が、誘拐された場合に備えることにしました。まず彼の肉体に傷をつけないことです。傷から、どんな実験が行われたかわかってしまうからです。もう一つは、彼の頭から、他国に洩れては困る知識を、クスリを使って除去しておくこともやりました。従って、現在、ミスター・松崎の頭と肉体に残っている記憶は、誰も傷つけない、幸福なものだけなのです。私が断言しますが、あなたが、ロシアや中国に誘拐される心配は、まずありません」

2

「それでは、この辺で、今回の一連の殺人事件について、正直に話し合おうじゃありませんか」

と、十津川は、いった。

二人は、黙っている。

十津川は、続けた。

「今回の殺人には、微妙にコロナ問題が絡んでいます。いや、犯人は、コロナさわぎを利用したと、私は思っているのです。ミスター・ヘンリーは、アメリカCDCのアジア地区の責任者だから聞きたいんだが、いつから、中国武漢でのコロナの発生に、気付いていたんですか？」

「二〇二〇年一月二十一日、中国武漢からワシントン州に帰国した一人が、発熱していることがわかった時です。これは、明らかに、新しい細菌戦争の開始だと、アメリカ、特に、アメリカ軍関係者は、受け取った」

「しかし、トランプ大統領は、単なるカゼだと、その後も、いっていましたね。今年の一月二十三日に、武漢市が、都市封鎖をしたあとも、カゼだと繰り返していたんじゃありませんか」

十津川が、いうと、ヘンリーは、笑って、

「あの人に、細菌戦争はわからないよ。中国政府だって、途中から、これは、アメリカが始めた細菌戦争だと、いい出している。何処の国の軍人だって、細菌戦争だと考えるんですよ」

「日本は、違いますよ。戦争だとは考えてない」

と、松崎が、いった。

「いや、日本の研究所だって、細菌戦争だと、考えていましたよ」

と、ヘンリーが、いう。

「そんな研究所が日本にありましたか？」

「今回のコロナさわぎで、存在を知られた国立感染症研究所ですよ。あの所員たちの中に、今回のさわぎが起きた時、これは、細菌戦争の始まりではないかと怖くなったという人がいた」

と、ヘンリーが、いった。

「しかし、なぜ？」

「第二次大戦中、日本に、731部隊という悪名高い部隊があったでしょう。確か、戦後、731の生き残りが集って生れたのが、今の国立感染症研究所だと聞きました。軍と関係のあった人間は、誰もが、細菌戦の匂いを嗅ぐんですよ」

「しかし、細菌とウイルスは、違うものだと、わかっているじゃありませんか」

と、十津川が、いった。

「最初の頃は、細菌の小さいものが、ウイルスだといっていましたが、今は、細菌と、ウイルスは、別もので、ウイルスは、生物とも無生物ともつかないものだと教えられましたが」

「だが、どちらにしろ、現在のコロナさわぎを見れば、強力な武器になることは、間違いないんだ。だから、世界が協力して、コロナの撲滅に全力をつくそうといっていますが、その一方で、細菌戦に備えていることも、事実だよ。私はそうした現実を知っているから、日本人の優しさが、歯がゆくて仕方がないんだ」

「それでは、本筋である今回の連続殺人事件の問題に入りたい。そのために、お二人に会いに来たわけですから」

十津川の言葉に、松崎が、

「全て、私の責任です。私が直接手を下したわけじゃありませんが、犯人を止められなかった責任は私にあります」

と、いきなり、大声を出した。

「あなたに代って、四人を殺した平川修のことを、いっているんでしょう?」

「そうです」

「でも、あなたは、二十年間の眠りに入っていて、肝心の平川修に会っていないんでしょう。眠りから、醒めたあとも」

「しかし、彼からのメッセージが、私のスマホに入っていて、最後の西尾正明を、殺しに行くとあったので止めようとしたんですが、間に合いませんでした」

「ひょっとして、二十年間の眠りに入っていたというのは、あなたの思い込みでは。実験の責任者のミスター・ヘンリーは、少くとも数年間は、アラスカの寒村で過ごした筈と、証言しているのですよ」

「そんな記憶は全く、ないのです」

「それは、専門家のミスター・ヘンリーが、さまざまなクスリを使って、あなたの記憶を消したと証言しているんですよ。彼が、自分に都合のいいストーリィをあなたの頭に埋めこんだとは考えられませんか」

「それも、わからなくなりました」

「最後に残っている平川修の記憶は、どんな姿ですか」

「二十年前、一年半の刑期を終えた時は、彼は私の秘書でした。その後私は、ミスター・ヘンリーに二十年間の眠りについて頼むことに夢中で、秘書の契約を切ることを忘れてしまったのです」

「従って、その後、ずっと、平川修は、あなたの秘書のままだったと、思っていたわけですね？」

「そうです」

「しかし、私が、調べてみると、この直後に、平川は、急に、誰にも相談せず陸上自衛隊に入隊してしまったのです。自衛隊には、二年間在籍していました」

「全く知りませんでした。ショックです」

「平川は、自ら、陸上自衛隊に入ったわけで、あなたとの秘書契約は、自然に消滅していたわけです」

「それなら、何故、私のために殺しを続けたんでしょうか？」

「それを、これから、考えていくんです」

十津川は、きっぱりと、いった。

3

「まず、連続殺人が、いつ始まったかを考えてみたい。松崎公平さんが、六人衆の仲間五人に欺される形で、一人だけ、刑事責任を負わされて刑務所に入ったのは、二十年以上前ですが、その時に、連続殺人が始まったわけではないのです。今から二年前なのです。ここで、確認したいのですが、松崎さんは、この間、五人に対する殺意は強くなりましたか？」

「刑務所にいる間は、五人を殺してやりたいと思っていましたよ。しかし、そのあとは、次第に、殺すのもバカらしくなって、ミスター・ヘンリーに頼んで、二十年間眠らせてくれといったんです。眠っていて、何も聞こえなければ、ほっとすると思ったんです」

「不思議な事件ですよね。殺す理由の持主は、事件を忘れたいと思い、その間、殺人は生れていない。そして、突然、連続殺人が始まり、それも一ヶ月の間に、三人も殺されている。いったい何があったのか。二十年以上前の怨念が、突然連続殺人を引き起こしたのではなく、その途中で、別の何かが起きたのではないかと考えざるを得ないのですよ」

「しかし、私は、二十年間、何も起こしていませんよ。私自身の積りでは、眠り続けていたわけですから」

と、松崎は、いった。

「それで、被害者側に何かあったのではないかと、考えたのです。例の五人にです。北海道でバブル崩壊があり、六人衆は、それぞれの地位を失いました。ところが、五人は、上手く立ち廻って、時には、実業家として成功したりしていたのです。八年前に、そんな五人に、大きな共同事業の話が持ち込まれた。それを持ち込んだのは、あなた、ミスター・ヘンリーだ。そうじゃありませんか？　確か、アメリカ政府から、あなたの会社に要請があって、日本支社長のあなたが、引き受けた。自ら問題を提起し、それを解決していく人型ロボットの研究だ」

十津川がいうと、ヘンリーは、肯いて、

「ミスター・松崎の長時間睡眠が上手くいかないので、その途中の仕事として、自ら考える人型ロボットを宇宙船に乗せての航行を、考えてのことだった。これは、アメリカの軍部の要求でもあった。この頃、アメリカは、スペースシャトルの運航も止め、宇宙基地に行く手段は、ロシアの宇宙船ソユーズしか無くなっていた。予算不足が深刻だった。そんなアメリカから見れば、ＧＤＰの一％しか軍事費を出そうとしない日本に腹を立てていた。だが、強制は出来ないので、うちの会社が引き受け、日本に金を出させるということで、日本支社長の私に、指示が来たんだ。私は、よく知っている五人を誘った。連中は、かなりの影響力を取り戻していたし、同時に、名誉挽回のチャンスを狙っていたからだ」

「それだけじゃないでしょう。当時、日本では、プロ棋士とコンピューターとのゲームが、はやっていて、コンピューターが、勝ち始めていたのも、日本に眼をつけた理由なんじゃないんですか」

「実は、日本の将棋コンピューターが、定跡《じょうせき》どおりに、指すだけでなく、自習して、一つ一つのコンピューターが、自分の得意な手を考え出すと聞いて、びっくりしたし、これは利用できると思った」

「それで、上手くいったんですか？」

「五人の名前と、アメリカが協力しているということで、秘密の事業の筈なのに、最初、かなりの金が集った」

「だが、上手くいかなかった。上手くいっていれば、殺人事件は、起きなかったでしょうからね」

と、十津川は、ヘンリーを見すえた。

しかし、ヘンリーは、笑って、

「将棋のコンピューターといっても、所詮は、ゲーム機だからね。いくら改良しても、宇宙船に積み込むようなものは、出来なかった。集めた資金は、たちまち、底をついた。五人の尻にも火がついた。彼等が集めた資金は、約三十年前のバブル崩壊と同じことになった。宇宙船に乗せる人型ロボットの研究といっても、資金を出した人間から見れば、ただの貸金だ。その上、この事業計画には、アメリカ政府も、軍も、関係がないことになっていた。つまり国の保証はなかったんだ」

「再起した五人が、名誉回復のために、勝手に計画し、資金を集めた事業ということですか？」

「それを、宇宙計画を実行しているアメリカの企業に売り込んだということでね」

「その証拠があるんですか？」

十津川が、きいた。

これに対しても、ヘンリーは、笑顔を消さず、

「八年前に、五人が連名で、わが社に出した『事業計画書』が、ここにある。宛名は、わが社の支社長、つまり私宛に出した計画書だよ。書類の末尾には、但書きがある。万一、この計画、事業が失敗し、資金がゼロになっても、それを請求しないこと。五人の署名もある」

「それで、五年前に、五人が、次々に姿を消していったんですね」

「そうだ。従って、殺人は、余計なことだった」

と、ヘンリーが、いった。

「これで、事件の本当の姿が見えてきたでしょう」

十津川が、松崎を見た。

「信じられませんよ」

と、松崎が、いう。

「あなたが、二十年間、眠ったことになっている間に、全てが、進行していたんですよ。あなたの全ての財産、銀行預金も、その運用を、ミスター・ヘンリーに委せていたんでしょう？」

十津川がきくと、松崎は、あっさりと肯いた。

「当り前でしょう。私は、二十年間の睡眠をミスター・ヘンリーに頼んだんですよ。未知の領域の上、何億かかるかも分からない世界ですよ。私の全財産を渡すのが、当然でしょう」

と、呑気にいう。

松崎は、まだ、現実が受け止められず、事態が呑み込めないのだ。

六人衆の中で、ひとりだけ、刑務所入りした理由もわかるような気がした。

「これから、私の推理を話します。ミスター・ヘンリーと、松崎さんは、黙って聞いていて下さい。私が話し終ったら、今度は、そちらの反論を、いくらでも、聞きますから」

と、十津川は、まず、相手を牽制しておいてから、話を続けた。

4

「まず、この事件と平川修という人物の関係を考えてみたい。現在、この不気味な男は、松崎公平さんに、妙な恩義を感じて、松崎さんを刑務所に送った五人を四人まで殺した殺人犯と思われているが、よく考えると、彼は、二十年間、一度も、松崎さんに会っていないのですよ。ただ一回、松崎さんのスマホに、あなたのために、最後に、西尾正明を殺すと、メッセージを送って来ただけなのです。冷静に考えれば、これだけの関係で、四人もの人間を殺すとは、とても考えられない。とすれば、彼は、何もしなかったのか。これも、考えにくい。何もしないのなら、わざわざ、松崎さんのスマホに、あんなメッセージを送りつけたりはしないだろう。

更に、京都のコロナ専門病院『駒井病院』に、偽名を使って入院したあげく、同じく入院していた長谷川敏こと、立木敏を殺すようなこともしない筈です。こうしたことを考えると、平川修が、四人の人間を殺したことは、間違いないが、決して松崎公平さんに恩義を感じたためではない。

とすれば、誰のために、何故、四人も殺したのかということになるが、私が、ここまで話したように、八年前に生れた日米共同の事業のためとしか考えられない。この事業が失敗し、アメリカ側の失敗、もっとあからさまにいえば、アメリカ軍部の責任、名前が出ることを防ぐための殺人ということです。

ただ、その動機を隠すために、第一と第二の殺人は、首謀者松崎、実行犯平川に見せかけようとして、苦労している。死体のポケットに、番号のついたカギを入れたり、無理矢理、死体の左手薬指に、古いナンバー入りの指輪をはめたりしてです。

当時は、犯人に躍らされて、身元証明のために唯一残した証拠と見て、新聞に公表したりしました。

そして、三十数年前に例の六人衆が、バブルの時の北海道の経済を活性化したことで、賞讃され、それを記念に残すために、ナンバー入りの指輪を作っていたことがわかった。今から考えると、犯人側は、苦労して、バブル崩壊と、二十数年前の刑務所入りと、松崎―平川の関係を、われわれ警察に記憶させようと、一生懸命だったのだ。おかげで、われわれは、松崎―平川の流れを、頭に叩き込まされてしまった。特に、松崎さん自身が、自分の恨みを晴らすために、平川修が殺人を続けているものと、思い込んでしまった。そのために、妙な行動を取るので、われわれ捜査陣は、ずいぶん悩まされたし、松崎さんを疑ったこともある。それが、肝心の捜査を遅らせたこともあります。しかし、冷静に事件を見れば、松崎さん自身は、今回の一連の事件とは、何の関係もなかったのですよ。それなのに松崎さんが、勝手に、自分に責任があると思い込んで、あれこれ推理したり、動き廻ったので、事件がもつれてしまったのです。

さて、本筋に戻しましょう。今回の連続殺人事件は、ミスター・ヘンリーと、五人の間の事件であった。その他の人間は、その本筋を誤魔化すための飾りだったと、私は、考えます。その中の松崎さんも長期睡眠の実験材料になっていたのだから、ミスター・ヘンリーとしては、どうにでもなるわけで、彼を利用するのは、楽だったと思う。ところで、この実験には、アメリカの政府というか、軍関係者は、どのくらいの予算を用意していたのか教えて欲しい」

十津川が、ヘンリーを見た。

ヘンリーは、眼を宙に走らせてから、

「五百億ドル。しかし、軍が、うちの会社に約束したのは、十億ドル。ただ、うちの会社が成功した場合は、全ての宇宙計画の六割を受注する約束になっていた。例のアメとムチですよ」

「一方、松崎公平さんの全財産は、あなたに委任されていたわけでしょう？　いくらぐらいあったんですか？」

「不動産が三千万円。預金、株、その他が五千万弱。とても、足りませんよ。だから彼の財産は最初から計算に入れていない」

と、ヘンリーは、笑った。

「しかし、彼自身は利用できる価値はあると、思ったから実験材料としたんでしょう？　それとも、最初から、五人の口を封じる必要が、生じると考えていたんですか？」

十津川が、きく。

「その質問は意味がない」

と、ヘンリーが、いった。

「どうして？」

「五人が死んだこと、特に火災死以外の四人について、私も、私の会社も、全く関係ないからだ」

「勝手に、平川修が、殺したからですか？」

「平川という男は、さっき、十津川さんがいった通りで、恩義のある松崎公平さんのために、五人を殺すという一念に凝り固っていて、われわれの忠告を全く聞かなかった。われわれの意志とは関係なく、殺人は行われたのですよ」

「松崎公平さんに対する恩義からの連続殺人というお伽話を、作るように工作したのは、あなたでしょう。あなたは、松崎公平さんから、全てを委任されていたから、彼の名前で、金を渡すことも出来たし、あなたが作った作文通りのメッセージを平川修の名前で、松崎公平さんのスマホに送ることも出来た。つまり、平川を自由に動かすことが出来た筈です」

「そう信じているのなら、一刻も早く、平川修を逮捕して、聞いたらどうかな？」

と、ヘンリーは、笑いながらいう。

「自信満々ですね」

「本当のことしか、いっていないからね」

「つまり、平川修は、すでに始末している。死んでいるということですか？」

「刑事というのは、どうして、自分に都合のいい想像しか出来ないのかね。平川修は、逃げてるんだから、全力をあげて捕えたらどうなのかね」

ヘンリーが、負けずに、いい返す。

その時、小さく、十津川のスマホが、鳴った。

電話に出た十津川は、「わかった」と、いったあと、

「予定どおりに行動してくれ」

と、いって、電話を切った。

「何の電話ですか。聞かせて下さい」

と、松崎が、いった。

ヘンリーは、黙っていたが、急に、

「緊急の電話をしなければならないので、座を外してもいいかな?」

と、十津川に、きいた。

「構いませんが、そのまま、逃げたりは、しないで下さいよ」

と、十津川が、冗談めかして答えた。

ヘンリーが、ロビーを出て行くのを見送ってから、

「あなたの秘書の坂元由美さんからですよ。あとで話を聞きたいので、私が呼んでおいたんです」

と、十津川が、いった。

「彼女は、何も知りませんよ」

と、松崎が、いう。

「しかし、あなたが、いわゆる二十年の眠りから醒めたあと、一緒にいたのは、坂元

由美さんだけでしょう。言い換えれば、最近のあなたの知識は、殆ど、彼女から与えられたものの筈ですからね。その中に、今回の一連の事件に関係する問題が、含まれているかも知れないのでね」

と、十津川が、いった。

「誰が、何のために、そんな面倒なことをするんですか？」

「それを、私も知りたいんですよ」

とだけ、十津川は、いった。

ヘンリーが、戻ってきた。それに合せるように、坂元由美が、入ってきた。すかさず、ヘンリーが、文句を、いった。

「彼女は、今回の一連の事件とは、何の関係もないでしょう。一応、松崎さんの秘書という肩書きだが、いってみれば、身の廻りの世話をやっていたわけだし。そうだ、十津川さん自身『松崎公平さんは、今回の事件とは、何の関係もなかった』と、いったじゃありませんか。それなら、秘書の坂元由美さんは、猶更《なおさら》じゃありませんか」

「何の関係もない人間を、さも、ありそうに見せるのに、坂元由美さんが、何らかの役割を担っていたのではないか。それを、この際、はっきりさせたいのです」

十津川がいうと、ヘンリーは、小さく首をすくめて、

「日本の警察のしつこさには、敬意を表しますが、少し疲れたので、一時間ほど休憩にしませんか。私も、コロナ問題で、世界中を飛び廻っているので、気分的に疲れましてね」

と、いった。

十津川は、微笑した。

「わかりました。一時間休憩をとりましょう。一時間後に、ここに戻って来て下さい」

十津川が、提案すると、ヘンリーが、

「その間に、坂元由美さんに、下手な知慧を付けられると困るから、彼女も、一時間後に、ここに来るようにして下さい」

と、注文をつけてきた。

（細かいな）

と、苦笑しながらも、十津川は、ヘンリーが、それだけ、気にしているのかも知れないと思い、由美に向って、

「来ていただいて早々、申しわけないが、一時間後に、もう一度、ここに来て下さい。それまで、岩国の町を見物でもしていて下さい」

と、いい、自分も立ち上った。

ホテルの外に出て、亀井に連絡を取る。

「今、一時間の休憩中だよ」

「もめているんですか？」

「やり合って、収穫もあったんだが、証拠がない」

「じゃあ、そちらへ行きましょうか？」

と、亀井が、いう。

「間に合わないよ」

「大丈夫です。今、そちらのホテルが見えるカフェに来ていますから」

「岩国に来ているのか？」

「少しばかり心配でしたから」

「ホテルが見えるカフェか」

「駅近くの五階建てビルの四階です。ガラス張りの店です」

「見つけた。すぐ、そちらへ行く」

駅前に、確かに五階建ての雑居ビルがあり、その四階がカフェになっていた。

岩国の町には珍しいガラス張りのビルである。

その店に入っていくと、窓際の席から亀井が、手をあげた。

向い合って、腰を下し、コーヒーを頼む。確かに、大きなガラス窓の向う、道路越しに、ニューグランドホテル岩国の入口が見えた。

「時間かかりそうですね」

と、亀井が、いった。

「間違いなく、今回の事件の主犯は、Ａ・ヘンリーなんだが、さっきもいったように、証拠がない」

「ここには、アメリカの岩国基地がありますね。ヘンリーは、そちらから、やって来たんじゃありませんか」

「そうだよ。彼はアメリカＣＤＣのアジア地区の担当で、アメリカ軍の軍隊内でのコロナの感染について調べているため、軍医少佐待遇で、今日も、沖縄の米軍基地から、軍用機で飛んで来たといっていた」

「すると、日米地位協定で、日本の法律の適用を受けませんね」

「私も、同じことを考えたよ」

と、十津川は、いった。

「公務中のアメリカ軍人や軍属は、実際のところは、たとえ、殺人犯でも、逮捕できないからね。確固とした証拠がないとなると、猶更だ」

「今日、呼んでいるのは、坂元由美だけですか？」

「そうだよ。Ａ・ヘンリーは、コロナ問題で、アメリカ軍用機で、飛び廻っているので、時間が無いといわれると、どうしようもない。岩国基地に、軍用機を待たせてあるというんだ。アメリカ軍は、世界中の基地に配属されているからね。何処にでも移動できる」

「そういえば、先日、警部が指摘されたアメリカの沖縄基地司令官の本音が、面白かったですよ。沖縄にあるアメリカ軍基地についての質問に対して、『私は基地の中に沖縄があると思っているから、問題があるとは思っていない』と、いったわけでしょう。Ａ・ヘンリーにも、日本に対して、そんな気持があるんじゃありませんか」

「日本人が、世界を見る眼と、世界が日本を見る眼は、だいぶ違うからね」

十津川は、苦笑気味にいってから、腕時計に眼をやって、

「そろそろ時間だ」

「がんばって下さい」

と、亀井は、いってから、

「今夜、残念会になったら、つき合いますよ」

十津川は、ホテルの入口を、ヘンリーと松崎が並んで入って行くのを、カフェの窓

越しに確認してから腰をあげた。

坂元由美は、先にホテルに入っていた。

十津川が用意したホテルの会議室に場所を移し、四人での話し合いが、始まった。が、連続殺人なので、どうしても、十津川が、警察の立場で話を聞くという姿勢になってしまう。

第二幕は、坂元由美の身元確認から、始まった。

「年齢五十三歳。現在、松崎公平さんの秘書、間違いありませんか？」

「間違いありません」

「いつから、秘書をやっているんですか？」

「八年前からです」

「しかし、その頃、松崎公平さんは睡眠実験中だったわけでしょう？」

「ええ。札幌市内にあったアメリカ企業の日本支社の地下で、実験中でした。ただ札幌市内にマンションがあり、そこが事務所にもなっていたので、私も、自衛隊をやめた平川さんもその事務所の所属という形になっていました」

「しかし、実際には、実験室の方にいたわけですね？」

「私は、そうです。平川さんは、実験室にいることは少かったので、別の場所で働いていたんだと思います」

「三十年以上前から、松崎さんの秘書だったという話もありますが？」

「それは間違いです。私は、アメリカの大学を卒業したあとアメリカの会社で、長い間働いていましたから」

「札幌では、実質的には、アメリカ企業の日本支社、もっと細かくいえば、ミスター・ヘンリーに傭われていたということになりますか？」

「そうなると思います。ただ、松崎さんから、秘書として、給料を支払われている形になっていました。理由はわかりません」

「なぜ、あなたが傭われたと思いますか？」

「多分、私が、英語と日本語の両方がかなりの水準でわかったからだと思います。アメリカ企業といっても、札幌にある日本支社には日本人もよく来ていて、日本語と英語が、交叉していましたから」

「ミスター・ヘンリーからの指示は、どちらですか？」

「口頭の時もありましたが、文書などの時は、英語でした」

「今年、二〇二〇年二月二十二日二時二十二分二十二秒に松崎さんが、深い眠りから醒めた時は、どうしていましたか？」

「ミスター・ヘンリーから、その時刻に、松崎先生が、二十年の眠りから醒める。いろいろと質問してくるだろうから、なるべくそばにいて、説明をして、安心させて欲しいといわれていました」

「そのあとは、殆ど、松崎さんと一緒だったわけですね？」

「そうなります」

「松崎さんが、二十年の眠りから醒めたと、本当に、信じていましたか？」

「二が並ぶ時刻に、正確に目覚めたので、アメリカの科学は凄いと思いました。ただ、初対面にもかかわらず、私を昔からの秘書だと、松崎さんは思いこんでいました。そういう記憶違いもありうると、ミスター・ヘンリーから聞いていました」

「秘書だから、多くの人間に会ってましたね？」

「はい」

「これから、その人物の写真を見せるので、名前と、名前がわかった時は、どんなことで見たのかを、話して下さい」

十津川は、大型テレビに、写真を映していった。

井上潔

入江香一郎

西尾正明
立木敏（長谷川敏）
浅野昌夫
平川修

坂元由美は、この男たちは、全て記憶にあるといった。

「八年前に、初めてお会いした時は、皆さんお元気で、何か大きな事業をなさっている感じでした。皆さんから、電話や、手紙などが、何故か、松崎事務所か、松崎公平様宛にきて、そのたびに、実際にはミスター・ヘンリーに、伝えていました。日本語の手紙を、英語に翻訳して渡したこともあります」

「それが途中から、おかしくなったんじゃありませんか？」

十津川がきくと、一瞬の間を置いてから、

「そうです。何があったのか、私には、はっきりわかりませんでしたが、五人の方から、連絡が来なくなりました。ただミスター・ヘンリーが、私立探偵に頼んでいたらしく、時々、五人の消息が、松崎先生宛に伝えられてきてました。その中には、平川さんからの手紙もありました。といっても、先生は、睡眠実験中ですから、私が受けて、それを、ミスター・ヘンリーに知らせることになっていました」

「松崎公平さんは、北見駅で、平川を見かけたので、あわてて、あなたとオホーツク1号を降りたといっている。何故、平川と思ったのかと、聞かれると、いつもと、同じ服装をしていたからといい、背広の色や縞模様のネクタイなので、平川に間違いないと思ったと証言していて、私も納得していたのだが、考えてみれば、おかしいのだ。松崎さんは、一応、二十年間眠っていたことになっていて、二〇二〇年二月二十二日に目覚めたあと、平川修に会った話は聞いていませんからね。とすると、一つのことしか考えられない。平川には、由美さん、あなたが会っていて、松崎さんに、その服装を教えたり、写真を見せていたに違いないということです」

十津川の言葉に、坂元由美が、微笑している。

A・ヘンリーの方は、上を向いていた。

十津川は、構わずに、続けた。

「考えてみると、坂元由美さんは事件に関係ないどころか、あなたを基点にして、三人の男、ミスター・ヘンリー、松崎公平さん、平川修が、連絡し合っていたんじゃないのか。もちろん、主導権を握っていたのは、ミスター・ヘンリーだろうが、彼はCDCのアジア地区の責任者として、米軍の基地をコロナで飛び廻っていたから、時には、由美さんを通して平川修に指示を与えることもあったんじゃないか。どうなんですか？」

と、由美を見た。

「ええ。ミスター・ヘンリーから、平川さんへの指示を頼まれたことがあります。平川さんとの連絡がつかない。これから、沖縄に飛ぶので、連絡を頼むと伝言を頼まれました」

由美は、嬉しそうに、いう。

急に、自分が主役に思えたからだろう。

「例えばどんな伝言ですか？」

「平川さんに対して『京都へ行き、コロナ専門の駒井病院に入院せよ』という指示です」

「怪しいとは、思いませんでしたか？」

「逆です。平川さんが、コロナに感染しているという噂を聞いていましたから、専門病院に入れといっているのかと安心する気持ちになりました。しかし、今は、そうは思っていませんけど」

「ミスター・ヘンリーからの電話は、録音しましたか？」

「いえ。別に犯罪の匂いはしませんでしたから」

と、由美は、いう。確かに「京都へ行き、コロナ専門の駒井病院に入院せよ」では、とても殺人の指示とはいえない。

「もう少し、犯罪の証明になるようなものはありませんか？」

と、十津川は、きいた。

「警察の高額な報奨金制度というのを聞いたことがあるんですが、今でもあるんですか？」

いきなり、由美が、聞き返してきた。

とたんに、上を向いていたA・ヘンリーが、由美を睨んだ。

「今も犯人逮捕に協力して下さった方には、報奨金は、支払われます」

と、十津川は、いったが、すぐ、

「そんな証拠になるものを持っているんですか？」

「持っています」

由美が、肯く。だが、すぐには信じられなくて、

「今回の連続殺人事件に関するものでしょうね？」

「もちろんです。写真です」

由美は、バッグから一枚の写真を取り出して、十津川に見せた。

名刺大の小さな写真である。いや、名刺の裏に書かれた文字の写真である。

「ミスター・ヘンリーが、自分の名刺の裏に、自分で書いたもので、あの日、平川さんがハイウェイバスに乗る前に渡してくれ、と頼まれたんです」

と、由美が、いった。


「親愛なる平川へ。

必ず、釧路の埠頭で殺せ。

西尾正明で、全て終了する。

約束の報酬は、すでに君のアメリカの銀行口座に振込みずみだ。

アメリカへの逃亡も、約束通り実行する。

A・ヘンリー」


自筆のサイン入りである。

「これをむき出しで、渡されたんですか?」

十津川が、きいた。とても信じられないのだ。

由美が、笑った。

「そんな筈はないでしょう。きちんと封筒に入れて、勝手に開封できないように、封をして二ヶ所に、サインがしてありました」

「それを、黙って開封したんですか？」

「そんなことをしたら、今頃、私は、殺されてます」

「じゃあ、どうやって？」

「子供の時、千里眼遊びというのを、やってました。特に、封書を、開封せずに、中身を読む、透視という遊びが、好きでした。面白かったですよ」

「そんなことが、出来るんですか？」

十津川が、きくと、由美は、「え？」と、逆に、びっくりした顔で、

「十津川さんは、知らなかったんですか？」

「残念ながら知りません」

「日本で明治の末、一時、封筒の中身を透視する若い女性が現われて、大さわぎになったんです。大学の先生まで、何故できるのかわからず、この女性は千里眼に違いないといって、これが千里眼事件と呼ばれました。原理は簡単なんです。封筒の一部を

濡らすと、すけて見えるようになるんです。水占いみたいなものだと思います。私も、ミスター・ヘンリーから、封筒を預かると、すぐ濡らしました。子供の時と同じで、封筒の一部が、すけて見えました。中身は、名刺一枚だから、読み取るのも簡単で、すぐ、スマホで写真を撮りました。それがその写真です」

十津川は、じっと、A・ヘンリーの顔を見つめながら、由美の説明を聞いていた。

「あの時、ミスター・ヘンリーは、すぐ戻って来て、『やはり私が自分で平川に渡す』といって、封筒を、持って行ってしまいました。やはり心配だったんだと思います」

「よく、バレませんでしたね？」

「これも子供の時の知慧で、こうやって――」

と、由美は、親指と人差指のハラをこすり合せ、

「両方の指に、揮発性の液体をぬっておいて、封筒をこするんです。すると、その部分がすけて中身が見えてくるんですよ。揮発性の強い液体を使うのがミソで、すぐ、乾いてしまうから、ミスター・ヘンリーも気付かなかったでしょう。きっとアメリカの子供は、そんな遊びはしなかったんでしょうね」

――がたん

と、強い音を立てて、ヘンリーが、立ち上った。

5

彼は、まだ、自信のある顔をしていた。

「いろいろと面白い話を聞かせて頂いて、楽しかった。最後まで、つき合いたいが、そろそろ沖縄の基地へ向う時間なので、これで失礼したい」

その言葉に合せるように、岩国基地から、迎えの車が来たと、知らせてきた。

ヘンリーは、勝利者のように、手を振って、部屋を出て行く。

「くそッ」

と、思ったがどうにもならない。

それでも、ホテルの玄関まで追って行くと、ヘンリーの姿は、すでに無く、代りに、亀井がそこにいた。

「A・ヘンリーは、米軍の軍用車で、行ってしまいました。殺人の証拠は、見つかったんですか？」

「見つかったよ」

「それでも、逮捕出来ませんか？」

「今から、令状を請求しなければならないし、ヘンリーは、米軍の軍属だから、日本の法律は適用できないんだ」

「それでも、シャクだから基地へ行ってみようじゃありませんか」

「無駄だと思うがね」

「こうなれば、意地ですよ」

亀井は、ホテルに入ってきたタクシーを強引に止めて、二人で乗り込み、岩国基地へ向った。

基地に近づくと、威圧するように、爆音が大きくなった。

ゲートは、当然閉鎖されている。

十津川たちは、インフォメーションと書かれた窓口へ行き、

「私の友人が、ＣＤＣのアジア地区の責任者をやっていて、間もなく、沖縄の基地へ向って出発する予定なのですが、もう出発しましたか？」

と、きいた。

二人の見せた警察手帳が効いたのか、ＣＤＣの名前のせいか、とにかく、調べてみましょうとなって、二十分近く待たされた。

その結果、

「問題の輸送機ですが、しばらく、この岩国基地に待機ということになりました」

と、いう。

「何かあったんですか？」

「本日十七時二十五分に、パイロット一名と、軍人、軍属など五十人で、沖縄へ出発の予定でしたが、その中の十七人が、コロナに感染していることがわかりましてね。すぐ隔離しましたが、他の三十四人も、ＰＣＲ検査ということになりました」

「われわれが、お願いしたミスター・Ａ・ヘンリーは、どうしていますか？」

と、十津川がきいた。

「十七時二十五分の輸送機が動きませんので、Ａ・ヘンリー氏も当然、岩国基地待機になるわけですが、ヘンリー氏には、もう一つ問題がありましてね」

と、いう。その理由を聞くと、

「友人をひとり、この岩国から米軍機で、アメリカへ移送してくれるように頼まれていましてね。コロナにかかったが、すでに治っているということだったのに、どうも完全には治っていなかった。それどころか発熱と肺の炎症がひどく、重症である可能性が高いので、現在、基地内の病院に隔離入院しています」

「その日本人の名前は、オサム・ヒラカワじゃありませんか？」

「よくご存知で。まさにそうです」

と、肯いてから、相手は小さく肩をすくめて、

「A・ヘンリー氏は、重症患者の濃厚接触者となるので、しばらく、この岩国から動けませんね」

十津川と、亀井は、外に出た。

「とにかく、すぐ東京に戻り、二人の逮捕状を請求しよう」

と、十津川が、いった。

本作品には実在する地名、人名、団体名が登場しますが、ストーリーはすべてフィクションです。

文春文庫

石北本線《せきほくほんせん》　殺人《さつじん》の記憶《きおく》
十津川警部《とつがわけいぶ》シリーズ

定価はカバーに
表示してあります

2023年12月10日　第1刷

著　者　西村《にしむら》京太郎《きょうたろう》
発行者　大沼貴之
発行所　株式会社 文藝春秋

東京都千代田区紀尾井町 3-23　〒102-8008
TEL 03・3265・1211㈹
文藝春秋ホームページ　http://www.bunshun.co.jp

落丁、乱丁本は、お手数ですが小社製作部宛お送り下さい。送料小社負担でお取替致します。

印刷製本・TOPPAN

Printed in Japan
ISBN978-4-16-792142-2

（　）内は解説者。品切の節はご容赦下さい。

西村京太郎
「ななつ星」極秘作戦
十津川警部シリーズ
太平洋戦争末期、幻の日中和平工作。歴史の真相を探ろうと豪華クルーズ列車「ななつ星」に集った当事者の子孫や歴史学者らに、魔の手が迫る。絶体絶命の危機に十津川警部が奔る！
に-3-52

西村京太郎
寝台急行「天の川」殺人事件
十津川警部クラシックス
寝台急行の乗車ルポを遺してルポライターが殺され、恋人は轢き逃げに。横浜では女性の白骨体が発見。三つの事件を解く鍵はルポだと睨む十津川警部は「天の川」に乗る。（小牟田哲彦）
に-3-53

西村京太郎
能登・キリコの唄
十津川警部シリーズ
銀行強盗に立ち向かった青年は、実は共犯だった？　十津川警部は、彼が親に捨て置かれた段ボール箱の謎の文字を手掛かりに、能登へ。「あばれ祭り」の巨大燈籠に隠された秘密とは？
に-3-56

西村京太郎
現美新幹線殺人事件
十津川警部シリーズ
画商の自宅から盗まれた新進の画家の絵が、越後湯沢—新潟間を走る観光列車「現美新幹線」に展示された。絵に秘密があると睨む十津川警部は〝世界最速の美術館〟に乗り込むが……。
に-3-57

西村京太郎
殺人者は西に向かう
十津川警部シリーズ
東京で老人の遺体が発見された。孤独死と思われたが、遠く岡山ではその旧友も謎の死を遂げる。連続殺人事件を疑い、岡山に向かった十津川警部は、四十年前の哀しい因縁に辿り着く。
に-3-58

西村京太郎
寝台特急「ゆうづる」の女
十津川警部クラシックス
上野発青森行・特急「ゆうづる5号」。二人用の個室寝台で目覚めた男は驚愕する。偶然同乗した女性の姿はなく、別れ話で揉める女性の死体が……。謎の美女は何者なのか？（小牟田哲彦）
に-3-59

西村京太郎
京都感傷旅行《センチメンタル・ジャーニー》
十津川警部シリーズ
美人女将が営む京都の料亭旅館に集った大学の同窓生。男は「欺された」とメモを遺して死に、女将の生家が陰陽師の家系だと詮索した女は遺体で見つかった。陰陽師は人を殺せるのか。
に-3-60

（　）内は解説者。品切の節はご容赦下さい。

貫井徳郎
壁の男
北関東の集落の家々の壁に絵を描き続ける男。彼自身は語らないが、「私」が周辺取材をするうちに男の孤独な半生と悲しい真実が明らかに。読了後、感動に包まれる傑作。（末國善己）
ぬ-1-8

乃南アサ
紫蘭の花嫁
謎の男から逃亡を続けるヒロイン、三田村夏季。同じ頃、神奈川県下で連続婦女暴行殺人事件が……。追う者と追われる者の心理が複雑に絡み合う、傑作長篇ミステリー。（谷崎　光）
の-7-1

乃南アサ
暗鬼
嫁いだ先は大家族。温かい人々に囲まれ何不自由ない生活が始まったが……。一見理想的な家に潜む奇妙な謎に主人公が気付いた時、呪われた血の絆が闇に浮かび上がる。（中村うさぎ）
の-7-3

早坂　吝《やぶさか》
ドローン探偵と世界の終わりの館
ドローン遣いの名探偵、飛鷹六騎が挑むのは奇妙な連続殺人。廃墟ヴァルハラで繰り広げられる命がけの知恵比べとは？　定石破りの天才が贈る、意表を突く傑作ミステリ。（細谷正充）
は-56-1

東野圭吾
秘密
妻と娘を乗せたバスが崖から転落。妻の葬儀の夜、意識を取り戻した娘の体に宿っていたのは、死んだ筈の妻だった。日本推理作家協会賞受賞。（広末涼子・皆川博子）
ひ-13-1

東野圭吾
予知夢
十六歳の少女の部屋に男が侵入し、母親が猟銃を発砲。逮捕された男は、少女と結ばれる夢を十七年前に見たという。天才物理学者が事件を解明する、人気連作ミステリー第二弾。（三橋　暁）
ひ-13-3

東野圭吾
ガリレオの苦悩
〝悪魔の手〟と名乗る人物から、警視庁に送りつけられた怪文書。そこには、連続殺人の犯行予告と、湯川学を名指しで挑発する文面が記されていた。ガリレオを標的とする犯人の狙いは？
ひ-13-8

（　）内は解説者。品切の節はご容赦下さい。

東川篤哉
魔法使いは完全犯罪の夢を見るか？
殺人現場に現れる謎の少女は、実は魔法使いだった!?　婚活中の女警部、ドMな若手刑事といった愉快な面々と魔法の力で事件を解決する人気ミステリーシリーズ第一弾。（中江有里）
ひ-23-2

東川篤哉
魔法使いと刑事たちの夏
切れ者だがドMの刑事、小山田聡介の家に住み込む家政婦マリィは、実は魔法使い。魔法で犯人が分かっちゃったけど、どうやって逮捕する？　キャラ萌え必至のシリーズ第二弾。
ひ-23-3

東川篤哉
さらば愛しき魔法使い
八王子署のヘタレ刑事・聡介の家政婦兼魔法使いのマリィは、数々の難解な事件を解決してきた。そんなマリィの秘密を、オカルト雑誌が嗅ぎつけた？　急展開のシリーズ第三弾。
ひ-23-4

東川篤哉
魔法使いと最後の事件
小山田刑事の家で働く家政婦兼魔法使いのマリィが突然姿を消した!?　だが、事件現場には三角帽に箒を持った少女の目撃情報が……。ミステリと魔法の融合が話題の人気シリーズ完結編！
ひ-23-5

藤原伊織
テロリストのパラソル
爆弾テロ事件の容疑者となったバーテンダーが、過去と対峙しながら事件の真相に迫る。乱歩賞&直木賞をダブル受賞した不朽の名作。逢坂剛・黒川博行両氏による追悼対談を特別収録。
ふ-16-7

福田和代
バベル
ある日突然、悠希の恋人が高熱で意識不明となってしまう。感染爆発が始まった原因不明の新型ウイルスに、人間が立ち向かう術はあるのか？　近未来の日本を襲うバイオクライシスノベル。
ふ-45-1

誉田哲也
妖《あやかし》の華
ヤクザに襲われたヒモのヨシキが、妖艶な女性・紅鈴に助けられたのと同じ頃、池袋で、完全に失血した謎の死体が発見された——。人気警察小説の原点となるデビュー作。（杉江松恋）
ほ-15-2

（　）内は解説者。品切の節はご容赦下さい。

松本清張
風の視線（上下）
津軽の砂の村、十三潟の荒涼たる風景は都会にうごめく人間の心を映していた。愛のない結婚から愛のある結びつきへ。〝美しき囚人〟亜矢子をめぐる男女の憂愁のロマン。（権田萬治）
ま-1-17

松本清張
事故　別冊黒い画集(1)
村の断崖で発見された血まみれの死体。五日前の東京のトラック事故。事件と事故をつなぐものは？　併録の「熱い空気」はTVドラマ「家政婦は見た！」第一回の原作。（酒井順子）
ま-1-109

松本清張
疑惑
海中に転落した車から妻は脱出し、夫は死んだ。妻・鬼塚球磨子が殺ったと事件を扇情的に書き立てる記者と、国選弁護人の闘いをスリリングに描く。「不運な名前」収録。（白井佳夫）
ま-1-133

麻耶雄嵩
隻眼の少女
隻眼の少女探偵・御陵みかげは連続殺人事件を解決するが、18年後に再び悪夢が襲う。日本推理作家協会賞と本格ミステリ大賞をダブル受賞した、超絶ミステリの決定版！（巽　昌章）
ま-32-1

麻耶雄嵩
さよなら神様
「犯人は○○だよ」。鈴木の情報は絶対に正しい。やつは神様なのだから。冒頭で真犯人の名を明かす衝撃的な展開と後味の悪さが話題の超問題作。本格ミステリ大賞受賞！（福井健太）
ま-32-2

丸山正樹
デフ・ヴォイス　法廷の手話通訳士
荒井尚人は生活のため手話通訳士になる。彼の法廷通訳ぶりを目にし、福祉団体の若く美しい女性が接近してきた。知られざるろう者の世界を描く感動の社会派ミステリ。（三宮麻由子）
ま-34-1

宮部みゆき
とり残されて
婚約者を自動車事故で喪った女性教師は「あそぼ」とささやく子供の幻にあう。そしてプールに変死体が……。他に「いつも二人で」「囁く」など心にしみいるミステリー全七篇。（北上次郎）
み-17-2

（　）内は解説者。品切の節はご容赦下さい。

宮部みゆき
人質カノン
深夜のコンビニにピストル強盗！　そのとき、犯人が落とした意外な物とは？　街の片隅の小さな大事件と都会人の孤独な肖像を描いたよりすぐりの都市ミステリー七篇。（西上心太）
み-17-4

宮部みゆき
ペテロの葬列（上下）
「皆さん、お静かに」。拳銃を持った老人が企てたバスジャック。呆気なく解決したと思われたその事件は、巨大な闇への入り口にすぎなかった――。杉村シリーズ第三作。（杉江松恋）
み-17-10

道尾秀介
ソロモンの犬
飼い犬が引き起こした少年の事故死に疑問を感じた秋内は動物生態学に詳しい間宮助教授に相談する。そして予想不可能の結末が！　道尾ファン必読の傑作青春ミステリー。（瀧井朝世）
み-38-1

道尾秀介
いけない
各章の最終ページに挿入された一枚の写真。その意味が解った瞬間、読んでいた物語は一変する――。騙されては〝いけない〟、けれど、絶対に騙される。二度読み必至の驚愕ミステリ。
み-38-5

湊　かなえ
花の鎖
元英語講師の梨花、結婚後に子供ができずに悩む美雪、絵画講師の紗月。彼女たちの人生に影を落とす謎の男K……。三人の女性たちを結ぶものとは？　感動の傑作ミステリ。（加藤　泉）
み-44-1

湊　かなえ
望郷
島に生まれ育った私たちが抱える故郷への愛、憎しみ、そして憧憬……屈折した心が生む六つの事件。日本推理作家協会賞・短編部門を受賞した「海の星」ほか全六編を収める短編集。（光原百合）
み-44-2

水生大海
きみの正義は　社労士のヒナコ
学習塾と工務店それぞれから持ち込まれた二つの相談事。無関係に見えた問題がやがて繋がり……（表題作）。社労士二年目のヒナコが、労務問題に取り組むシリーズ第二弾！（内田俊明）
み-51-4

（　）内は解説者。品切の節はご容赦下さい。

水生大海
希望のカケラ
社労士のヒナコ
ワンマン社長からヒナコに、男性社員の育休申請の相談が。転職サイトにも会社を批判する書き込みがあったことがわかり……。労務問題×ミステリー、シリーズ第三弾！（藤田香織）
み-51-5

水生大海
熱望
31歳、独身、派遣ＯＬの春菜は、男に騙され、仕事も切られ、騙す側になろうと決めた。順調に男から金を毟り取っていたが、一転、逃亡生活に。春菜に安住の地はあるか？（瀧井朝世）
み-51-3

三津田信三
黒面の狐
敗戦に志を折られた青年・物理波矢多が炭鉱で起きる連続怪死事件に挑む！　密室の変死体、落盤事故、黒い狐面の女……。ホラーミステリーの名手による新シリーズ開幕。（辻　真先）
み-58-1

三津田信三
白魔の塔
炭坑夫の次は海運の要から戦後復興を支えようと灯台守の職を選んだ物理波矢多。二十年の時を超える怪異が待ち受けるとも知らず……。大胆な構成に驚くシリーズ第二弾。（杉江松恋）
み-58-2

山口恵以子
月下上海
昭和十七年。財閥令嬢にして人気画家の多江子は上海に招かれたが、過去のある事件をネタに脅される。謀略に巻き込まれた彼女の運命は……。松本清張賞受賞作。（西木正明）
や-53-3

薬丸　岳
死命
若くしてデイトレードで成功しながら、自身に秘められた殺人衝動に悩む榊信一。余命僅かと宣告された彼は欲望に忠実に生きると決意する。それは連続殺人の始まりだった。（郷原　宏）
や-61-1

矢月秀作
刑事学校
大分県警刑事研修所・通称刑事学校の教官である畑中圭介は、小中学校時代の同級生の死を探るうちに、カジノリゾート構想の闇にぶち当たる。警察アクション小説の雄が文春文庫初登場。
や-68-1

（　）内は解説者。品切の節はご容赦下さい。

矢月秀作
刑事学校Ⅱ
愚犯
大分県警「刑事学校」を舞台にした文庫オリジナル警察アクション第二弾！　成長著しい生徒たちは、市内の不良グループの内偵をきっかけに、危険な犯罪者の存在を摑む。
や-68-2

矢月秀作
死してなお
かつて大分県警を震撼させた異常犯罪者・萩谷信。県警の三浦は、彼の半生を調べるため、少ない手掛りをもとに足跡を辿るのだが……。前代未聞の犯罪者はどのようにして生まれたのか？
や-68-4

柚月裕子
あしたの君へ
家裁調査官補として九州に配属された望月大地。彼は、罪を犯した少年少女、親権争い等の事案に懊悩しながら成長していく。一人前になろうと葛藤する青年を描く感動作。（益田浄子）
ゆ-13-1

横山秀夫
陰の季節
「全く新しい警察小説の誕生！」と選考委員の激賞を浴びた第五回松本清張賞受賞作「陰の季節」など、テレビ化で話題を呼んだ二渡が活躍するＤ県警シリーズ全四篇を収録。（北上次郎）
よ-18-1

横山秀夫
動機
三十冊の警察手帳が紛失した――。犯人は内部か外部か。日本推理作家協会賞を受賞した迫真の表題作他、女子高生殺しの前科を持つ男の苦悩を描く「逆転の夏」など全四篇。（香山二三郎）
よ-18-2

横山秀夫
クライマーズ・ハイ
日航機墜落事故が地元新聞社を襲った。衝立岩登攀を予定していた遊軍記者が全権デスクに任命される。組織、仕事、家族、人生の岐路に立たされた男の決断。渾身の感動傑作。（後藤正治）
よ-18-3

（　）内は解説者。品切の節はご容赦下さい。

横山秀夫
64（ロクヨン）（上下）
昭和64年に起きたD県警史上最悪の未解決事件をめぐり刑事部と警務部が全面戦争に突入。その狭間に落ちた広報官三上は己の真を問われる。ミステリー界を席巻した究極の警察小説。
よ-18-4

米澤穂信
インシテミル
超高額の時給につられ集まった十二人を待っていたのは、より多くの報酬をめぐって互いに殺し合い、犯人を推理する生き残りゲームだった。俊英が放つ新感覚ミステリー。（香山二三郎）
よ-29-1

米澤穂信
Iの悲劇
無人になって6年が過ぎた山間の集落を再生させる、市長肝いりのプロジェクトが始動した。しかし、住民たちは次々とトラブルに見舞われ、一人また一人と去って行き……。（篠田節子）
よ-29-3

吉永南央
萩を揺らす雨　紅雲町珈琲屋こよみ
観音さまが見下ろす街で、小さなコーヒー豆の店を営む気丈なおばあさんのお草さんが、店の常連たちとの会話がきっかけで、街で起きた事件の解決に奔走する連作短編集。（大矢博子）
よ-31-1

吉永南央
その日まで　紅雲町珈琲屋こよみ
北関東の紅雲町でコーヒーと和食器の店を営むお草さん。近隣で噂になっている詐欺まがいの不動産取引について調べ始めると、因縁の男の影が……。人気シリーズ第二弾。（瀧井朝世）
よ-31-3

連城三紀彦
わずか一しずくの血
群馬の山中から白骨化した左脚が発見された。これが恐るべき連続猟奇殺人事件の始まりだった。全国各地で見つかる女性の体の一部に事態はますます混沌としていく……。（関口苑生）
れ-1-19